北欧貴族と猛禽妻の雪国狩り暮らし

契約夫婦がめぐる四季

Contents

北欧貴族と猛禽妻の雪国狩り暮らし

▽△▽△契約夫婦がめぐる四季▽△▽△

（序章）

北欧貴族と猛禽妻の雪国狩り暮らし

　ジークリンデ・フォン・ヴァッティン、三十一歳、軍人、階級は中尉。

　燃えるような赤い髪と、猛禽類のように鋭い目だと揶揄される灰色の瞳は父親譲り。女性とは思えないほど肩幅が広く、身長もぐんぐん伸びた。背後から見ても、正面から見ても、男のようだと言われたことは一度や二度ではない。

　このように体格に恵まれた私は、軍人だった父親の背中を見て成長したために、なんの疑問も持たずに軍の門を叩く。九名の兄がそうであったのと同じように。

　周囲の反対がなかったわけではないが、両親や九名の兄は反対せず背中を押してくれた。

　軍は男社会である。いくら男勝りだと言われ続けた私でも、苦労の連続だった。

　けれど、女性社会ほど複雑ではない。力で解決することもあれば、怒鳴り合いや酒で解決することもあった。彼らは単純明快で、とてもわかりやすかった。

　九名の兄にもみくちゃにされながら育ったので、男社会の付き合いを理解していたのかもしれない。その点では、兄たちに感謝している。

　そして私は、十三歳の頃から十八年、軍に籍を置いていた。そろそろ第一線から退き、以後は教官にでもなるかと、身辺整理をしつつ将来について考えていたのだが――思いがけない提案を、上司であり、伯父でもある男から言い渡された。

　結婚をして軍人を引退しないか、と。

　頭を金槌で殴られたような衝撃を受けた。軍人を辞める、という人生の選択はまったくなかったからだ。父と同じように定年まで働き、老後は畑仕事でもしているのだろうと、ぼんやりとした人生設計を描いていた。

伯父は来月行われる夜会で相手を探したらどうかと、私に提案してきた。ずいぶんと、急な話だった。

今までも、両親に結婚を勧められることはあったが、それは九名の兄も同様だった。だから、疑問は生じなかった。

一方で今回は、疑問しかない。伯父に向かってストレートに「なぜ？」と問いかけた。すると、女性としての幸せを知って欲しいからと言うが、目が泳いでいた。

本音を話せと詰め寄ったら、思いがけない理由が語られた。

伯父には二人の娘がいる。二人とも、結婚適齢期だ。愛らしくも美しい従姉妹(いとこ)である。

幼少期から可愛(かわい)がっていたからか、彼女らは私を心から慕っていたようだ。それだけだったらよかったが、どうやら私を『男』として見ていたようだ。

二人とも、私の妻になりたい、他の男なんて穢(けが)らわしい、と言って、夜会にすら出たがらないのだという。

私が結婚したら、目を覚ますだろう。だから、結婚をしてほしいと、頭を下げて乞われた。

しかし、十八年も軍に身を置いていた私を、引き取ってくれる豪胆な男がいるとは思えない。

もしも結婚できなかった場合、どうするのか。伯父に尋ねると、辺境にある士官学校の教官の席を用意していると言われた。さすが、伯父上だ。その辺、ぬかりない。

ならば結婚なんか選択せず、教官になればいい。誰かの妻が務まるとは思えなかった。

けれど、伯父から「それはできない。まずは、結婚相手を探してほしい」と返された。

教官の座は最終手段だと。従姉妹を諦めさせるためには、私が結婚することが最適のようだ。

たしかに、従姉妹は私が行く先々に現れる。きっと、辺境の士官学校にもやってくるだろう。

続けて、伯父は語りかける。「正直、結婚をしたからといって、必ずしも幸せになるわけではない。独身時代は自由で楽しかったとはっきり言える。既婚者となれば、枷となることも多いだろう。いろいろと煩わしく思うこともある。しかし、人生において隣を歩く伴侶がいれば、心強いだろう」と。

伴侶がいれば心強い。その意味は、私には理解できなかった。

もちろん、たったひとりで生きてきたという自覚はない。私の人生は、家族や友人に支えられてきた。心強さは、十分感じている。

しかし、伯父は家族や友人とは違う心強さだと主張している。今は理解できないだろうが、結婚したら分かるだろうとも。

意味が異なる心強さというのは、引っかかりを覚える。いったい、どういうものなのかと。

結婚の認識が、これまでと変わった。

私が結婚相手を探しているという噂は、瞬く間に広がった。異動か退職をするかもしれないと仲間達に報告したら、結婚の話を説明するしかなくなってしまったのだ。

もっとも反応していたのは、腐れ縁で長い付き合いの同僚、エメリヒ・ダーヴィットだった。本当に結婚するのかと、百回は聞いてきたような気がする。鬱陶しくなって、途中から無視していたが。

義姉の弟が、「姉の結婚は複雑で、他の男に取られた気分だった」と話していたのを耳にしたことがある。奴も、同じような気持ちなのかもしれない。

夜会まで一ヶ月と短い間だったが、濃い日々を過ごした。部下に仕事を引き継ぎ、結婚するかもしれないと言ったら「正気か!?」という視線にさらされ、挙げ句の果てに心配までされる。

別の部隊の上官から、「軍を辞めるには惜しい人材だ。出世を約束するから、うちの部隊に来ないか？」という声も、一つや二つかかった。光栄な話だったが、事情が事情である。私はこの地で軍人を続けるわけにはいかなかった。

すべて、可愛い従姉妹のためを思っての行動である。

実家の家族は、私が不治の病に冒されているのではと勘違いしたようだ。事情を話したら、理解してくれたが。軍で散々いじられたあとだったので、家族の反応はさらっと流した。

最大の問題は、ドレスが死ぬほど似合わないこと。肩は張っていて、腕には筋肉がしっかりついている。女性らしいしなやかなラインはいっさい見当たらなかった。「女装した男のようだ」

と母に冷静な声で言われたときは、思わず天井を仰いだ。夜会用のドレスは袖がなく、胸元が開いた意匠となっている。余計に、ゴツく見えるのかもしれない。

着ていくドレスがないと落ち込む私に、母は助言してくれた。軍服を着ていきなさい、と。

どこに、軍服姿の女を妻として迎える男がいるというのか。そう返したら、母は私を諭す。「軍服姿である女を受け入れてくれる男性こそ、あなたに相応(ふさわ)しい伴侶だ」と。

たしかに、その通りかもしれない。そんな男が存在するとは思わないが、母の言うことは理にかなっている。

似合わないドレスを着ていくよりも、軍服を着ていったほうが私という女をひと目で理解してもらえるだろう。

夜会当日、軍服の正装を引っ張り出し、ついでに長年しまっていた勲章を胸に飾る。私を屈服させる目的で求婚してくる輩(やから)を、威嚇する効果があるだろう。

鏡を覗(のぞ)き込んだが——結婚できる気はまったくしなかった。どこに、軍服をまとい結婚相手を探す女がいるのだと。

ため息を一つ零(こぼ)し、髪を整髪剤で整える。余計に、結婚できそうにないと思ってしまった。

こうなったら、開き直る他ない。堂々とした態度で、きらびやかな夜会会場を目指す。

豪奢(ごうしゃ)なドレスを着た淑女に、テールコートをなびかせる紳士の姿が多く見られる会場を、風を切りつつ足早に歩く。

従姉妹に見つからないようこっそり参加して、結婚相手を見繕わなければ。そう思っていたのに、会場に入った途端に女性陣に囲まれてしまった。

ちょっとした騒ぎとなり、会場の注目を集めてしまう。どうしてこうなったのだと、額を押さえ重たいため息が出てしまった。そんな中で、従姉妹に出会ってしまう。

二人は感激した様子で、一番にダンスを踊ってほしいと申し込まれてしまった。

答えに窮してしまい明後日（あさって）の方向を見たら、ありえない存在を目にする。

雪を紡いだような輝く銀色の髪に、サファイアのような澄んだ瞳を持つ、童話に登場するような妖精が佇（たたず）んでいたのだ。

思わず、目が離せなくなった。心が洗われるような美しい青に、魅入（みい）られる。

年齢も、性別も不詳で、長い髪を三つ編みに結って胸の前に垂らしていた。よくよく見たら、燕尾服（えんびふく）をまとっている。ということは、妖精は男なのか。

私は疲れているのだろう。妖精が、現実にいるわけがないのに。

一瞬目が合ったが、妖精は私を見てハッと目を見張り、驚いた顔を見せていた。

軍服姿の女が夜会に現れたので、びっくりしたのだろうか。

その前に、妖精なんか存在しない。しばし目を逸（そ）らし、別の場所を眺めてから視線を戻す。

妖精の姿は見つからなかった。やはり、私の見間違いだったのだろう。

周囲では、女性陣が私に「結婚してください！」と口々に求婚していた。どうしてこうなったのだと、本日二回目のため息を落とす。

この場をどうやって収めたらいいのかわからず困っていたら、思いがけない展開を目の当たりにする。

熱烈に求婚する女性陣の中に、「あ、あの、自分と結婚してください！」という男性の声が交ざった。

視線が、一気に集まる。先ほど目が合った妖精が私に求婚してきたのだ。

驚いた。軍服姿の私に結婚を申し込む男がいるとは。

いや、そもそも彼は男なのか？　その前に、人間なのか？

まだ、妖精だと名乗ったほうがしっくりくる姿形をしていた。

妖精の求婚により、さらに私の周囲は賑やかになる。悲鳴も上がった。

どうやら、有名人だったようだ。

彼が異国の伯爵で、名をリツハルド・サロネン・レヴォントレットといい、『辺境の国の雪男』という異名を持つことを従妹の耳打ちで知った。

詳しい話を聞き出すため、私はレヴォントレット伯爵を会場から連れ出す。

会場に用意されていた客間に、腰を下ろす。まず、もっとも重要な質問をぶつける。

なぜ、私と結婚したいと思ったのかと。

レヴォントレット伯爵は私の質問に、初めて恋を知った少女のように頬を染める。

もじもじとした可憐（かれん）な恥じらい方に、彼は本当に男なのかと首を傾（かし）げてしまう。

一方、私はというと、足を開いてどっかり座っていたのに気付き、膝と膝をくっつける努力をした。

そんなことはさておいて。

私が女とはほど遠い見た目であること、軍人一家の出であること、貴族の妻としての礼儀を知らないことを、正直に告げた。

レヴォントレット伯爵は、まったく気にしないという。

三十一歳という年齢を考慮し、子どもはたくさん産めないだろうということも話しておいた。

厳しい辺境の地ならば、子どもは一人でも多く欲しいだろう。子どもが目的であるのならば、他を当たったほうが賢明だ。私では、力になれない。

現状を説明したものの、レヴォントレット伯爵の気持ちは変わらず、私を妻として迎えたいと、まっすぐな瞳を向けながら告げる。

こうして話してみると、レヴォントレット伯爵はごくごく普通の青年、といった印象である。

なぜ、妖精だと本気で思い込んでしまったのか。

雪のような髪色と澄んだ青い瞳は、レヴォントレット伯爵領ではありふれた特徴らしい。ということは、レヴォントレット伯爵領は妖精のような村人達が住んでいるのだろう。

一見、明るく陽気な性格という印象を受けるが、瞳の奥には暗い影が見え隠れしているように思えてならない。どうしてなのか。

彼はぽつり、ぽつりと自分について語り始めた。

リツハルド・サロネン・レヴォントレット――彼は雪深い辺境の地から、花嫁を探す目的ではるばるやってきたらしい。

その地は一年のほとんどが雪に覆われていて、連れ帰った花嫁候補が顔を真っ青にして逃げ出すような過酷な土地なんだとか。

結婚を約束した女性には、領地について詳しく話さなかったために、次々と逃げられてしまった。気付いたときには、『辺境の国の雪男』と、呼ばれるようになっていたと。

雪深い土地で暮らすのが当たり前だったので、あえて説明するものではないと思っていたようだ。

なぜ、異国の辺境貴族が海を渡って夜会に参加しているのか。それには深い事情があるという。

レヴォントレット伯爵の祖父は我が国の大貴族、リューネブルク侯爵らしい。父方の血筋のようだ。毎年、リューネブルク侯爵から招待を受け、はるばる異国の地にやってきていると。

もう一つの理由は、領地では近親婚を繰り返すあまり、子どもが生まれにくくなった。それ故に、異国人の血を欲しているというわけだった。

仮に子どもができなくても、「問題は自分にある」とレヴォントレット伯爵は言い切った。村人達とはどこかで血が繋(つな)がっていて、家族も同然。次代の領主は、村人の中から選んでもいいと考えているようだ。

レヴォントレット伯爵は『辺境の国の雪男』と呼ばれる原因となった振る舞いを反省し、私に領地について詳しく教えてくれた。

その昔、トナカイの遊牧民だった一族は、他国の侵略によって、人が住めないような辺境の地へ追いやられてしまう。

精霊信仰と共に生活を立て直し、雪深い土地で強く生きる道を選んだ。

以降、レヴォントレット伯爵家は、狩りと伝統工芸で生計を立て、領主というよりは、村人といったほうがしっくり当てはまるささやかな暮らしをしているようだ。

使用人はいるが家族はおらず、十年間独りで暮らしてきたらしい。毎日毎日同じことの繰り返しで、なんのために生きているのかわからなくなっていると。

青い瞳の奥にある影の原因は、孤独から滲(にじ)み出るものなのかもしれない。

彼は私だったら共に同じ道を歩んでくれるのでは、という可能性を感じたのだろう。目と目が合った、あの瞬間に。

ふと、伯父の言葉を思い出す。

――正直、結婚をしたからといって、必ずしも幸せになるわけではない。独身は自由で楽しかったとはっきり言える。既婚者となれば、枷となることも多いだろう。いろいろと煩わしく思うこともある。しかし、人生において隣を歩く伴侶がいれば、心強いだろう。


私は、彼にとって心強い存在になれるのだろうか？

わからない。わからないけれど、必要としてくれるのならば、手を貸してもいいだろう。

レヴォントレット伯爵についてはまだ把握していないが、視線が交わった瞬間に、互いに何か惹かれるものがあったのかもしれない。

一目惚れとか、そういうのではなく、魂が共鳴したと言えばしっくりくるのか。

幸い、レヴォントレット伯爵領はごくごく普通の田舎町ではない。雪深く、命が脅かされるような極寒の土地だ。貴族の社交がないのも、私にとって都合がいい。

従姉妹も、さすがに国を越えてまで私を追いかけてこないだろう。

私は今まで、独り身を立てて人生を歩んできた。今更結婚し、夫を頼って生きるというのも、心のどこかで矜持が許さないと訴えていた。

レヴォントレット伯爵領だったら、私は私らしく暮らせるような気がした。

だから私は、彼と生きる道を選びたい。

そう宣言すると、強ばっていたレヴォントレット伯爵の表情が和らぐ。花がほころぶような、可憐な笑みを浮かべていた。

　立ち上がり、こちらへ接近しようとしたレヴォントレット伯爵を手で制す。目を丸くして驚く彼に、ある条件を出した。

　それは、一年間『仮の夫婦』でいてほしいということ。

　一年間夫婦として生活し、問題ないようであれば、正式な妻として迎えてほしいと頼み込んだ。

　正直に言えば、自信がないのだ。妻の役割をこなすことに。

　互いの利害が一致しているとはいえ、結婚を即決即断できるわけがない。私だけでなく、レヴォントレット伯爵もそうだろう。

　時間が経（た）って冷静になったあと、「やはり何かが違う」と思ったのでは遅い。

　共同生活をする中で、良いところも、そうでないところも見えてくるだろう。人となりを知り尽くしてから、本当の夫婦になったほうがいい。長い人生だ。判断に時間をかけるのは悪いことではない。

　レヴォントレット伯爵は首を傾げつつも、最終的には私の掲げた条件に頷（うなず）いてくれた。

　こうして私達は、仮の夫婦の契約を交わすこととなった。

夜会の翌日、実家に帰ったら——なぜか三番目の兄がワインを寄越し「いつかお前のよさをわかってくれる男が現れるさ」と肩をポンと叩いて去って行く。

続いて、五番目の兄が「教官殿、餞別だ」と言って、麦わら帽子を私の頭に被せる。

さらに、七番目の兄がやってきて「気にするな、次がある」と呟きながら、真新しい軍服用の外套を差し出してきた。

ここで、察する。兄達は、私の結婚相手探しが失敗に終わったと思い込んでいるのだろう。

話を聞く前に決めつけるとは、呆れて物も言えない。深い深いため息をついたあと、両親に報告に行った。

私を迎えた両親は、悲壮感漂う空気をまとっていた。そして、「結婚するより、教官をして生徒を子どもだと思えばいい」とか「結婚が人生のすべてではない」などと、勝手に励まし始める。どうせ、夜会に参加したが空振りに終わったと決めつけているのだろう。

結婚相手は決まった。異国の伯爵で、明日挨拶にくると言ったら、両親は共に目を見開き、あんぐりと口を開けて驚いていた。

レヴォントレット伯爵は三つ年下で、リューネブルク侯爵家の縁者だと伝えたら、さらに驚いていた。

それも無理はないだろう。レヴォントレット伯爵との出会いは、運命的だったのかもしれない。

なぜ、そんな人物が求婚してきたのか理解できないようだったが、命を脅かすほどの極寒の地だと話したら、嫁げるのは私しかいないと納得してくれた。

一方、兄達は白目を剝(む)いたり、冗談だろうと笑い飛ばしたりと、失礼な反応の連続だった。半信半疑といった感じで、素直に祝福しない。まあ、仮契約の結婚なので、心から祝福されても困るのだが。

家族には、仮の結婚であることは黙っている。レヴォントレット伯爵にも、口止めしていた。この件は、私達ふたりだけの秘密なのだ。

翌日、レヴォントレット伯爵と王都で待ち合わせし、実家へと馬車で向かう。

相変わらず、レヴォントレット伯爵は物語の世界から抜け出してきた妖精のごとく。ふわふわモコモコの外套をまとう姿は、可憐としか言いようがない。

求婚から二日経ち、気持ちも変わっているのではないかと思ったが、レヴォントレット伯爵の私に対する視線は熱かった。

私のどこを気に入ったのか、まったくもって謎である。愛らしい見た目をしているので、私を慕う女性同様、乙女回路でも備わっているのか。

馬車での移動中、レヴォントレット伯爵から村の風習について話を聞いた。一族の名を『サフィーリ』と言い、今も精霊信仰の中で暮らしているようだ。

精霊を称(たた)え、トナカイを宝物のように扱い、子どもを何よりもかけがえのない存在として大切に思う。これらが、領民達の信条らしい。

長い長い歴史の中で、サフィーリの者達は異国人の侵略を受け、財産であるトナカイを奪われてしまった過去がある。年寄りを中心に、異国人への風当たりが強いと、レヴォントレット伯爵はあらかじめ説明してくれた。

軍時代がそうであったように、風当たりが強い環境には慣れている。そんなふうに答えたら、レヴォントレット伯爵は整った眉を下げ、悲しそうに肩を落としていた。青い瞳は、若干潤んでいるように見える。

私はもう気にしていないのに、なぜ彼は気にするような素振りを見せる？

二十八歳にもなるのに、その感受性の高さはどうなのか。心配になってしまった。

他に、使用人一家の話を聞いた。なんでもワケアリで、西半球にある国でレヴォントレット伯爵の両親と偶然出会い、村に連れてきた戦闘民族らしい。

小麦色の肌に、色鮮やかな原色の民族衣装を合わせた、派手な出で立ちをしているようだ。

なんでも部族長に妻を渡すよう命じられたので、家族揃(そろ)って集落から出ていく道を選び、極寒の地へ移り住んだとのこと。

家長のテオポロンは見上げるほどの大きな体に、屈強な筋肉を持つ男らしい。狩猟で得た獲物の解体や、武器の手入れなどを担当している。

妻のルルポロンは、料理を担当しているという。サフィーリの伝統料理を習得し、毎日おいしい料理を作ってくれるようだ。

一人娘のミルポロンは、掃除洗濯、トナカイの世話から薪割りなど、雑用をなんでもこなす。言葉は通じないが、心は通じている。レヴォントレット伯爵の十年もの独り暮らしは、戦闘民族一家が支えていると言っても過言ではなかったらしい。

話は途切れることなく続き、あっという間に実家に到着する。

家族は妖精のようなレヴォントレット伯爵を見て、目を白黒させていた。どうやら、私よりも体が大きい、巨大熊のような男を連れてくると思っていたらしい。

皆、私に脅されているんじゃないかとか、無理して結婚するのではないかとか、かなり失礼な心配をしていた。

レヴォントレット伯爵が、「私が頼み込んで、結婚していただくのです」と答えると、驚きすぎて言葉を失った兄もいた。本当に、失礼にもほどがある。

礼儀正しく真面目で、可愛らしいレヴォントレット伯爵を、家族は気に入ったようだ。

父が「娘と合わないなと思った場合、返品を受け付けるので」と発言したあと、初めての顔合わせは滞りなく終了した。

レヴォントレット伯爵の領地へ嫁ぐのは二ヶ月後。それまで、私は花嫁修業をする。

最後に、レヴォントレット伯爵は私の手の甲に唇を寄せ、「また会えるのを楽しみにしているよ、お嬢さん」と言い、片目をパチンと瞑って馬車へ駆けていく。

頬が、一気に熱くなるのを感じた。

齢（よわい）三十一の女に「お嬢さん」と呼びかけるのは、世界中探してもレヴォントレット伯爵くらいだろう。

ごつごつした、荒れ放題だった手を握りしめ、次に会うときまでにきれいに手入れをしておかなくてはと強く思った。

×××

嫁ぎ先は北極圏にほど近い場所に位置し、冬は太陽が昇らない極夜（カーモス）、夏は太陽が沈まない白夜（ユオトンユオ）がある。森には巨大な鹿や熊が生息しているらしい。

狩猟に頼って暮らしているとレヴォントレット伯爵は話していた。

となると、私に必要な花嫁修業は、体を鍛えることだろう。

腕立て伏せ、逆立ち腕立て伏せ、懸垂、逆手懸垂、スクワットにランニングと、バランスよくメニューをこなしていた。

体幹を鍛えると、体の調子も整う。この調子で、ほどよく筋肉を付けて嫁ぎたい。

そんなふうに考えていたのに、母から「あなた、何をしているの!?」と、筋肉トレーニングを止められてしまった。

必要なのは筋肉ではない。何か手仕事の一つでも覚え、生活に役立たせなさいと、怒られてしまった。

今までの人生で、兄に向かって脳みそまで筋肉でできているのかと、真顔で問いかけたことがあった。今日、初めて母に同じことを問われてしまった。

間違いなく、バカな兄達と血が繋がっているのだと、確信した日の話である。


二ヶ月もの間、リツハルドから手紙が届いていた。筆まめなようで、週に一度は送られてくる。

手紙と一緒に、サフィーリの民族衣装が送られた日もあった。

鮮やかな青いフェルト生地に、刺繍（ししゅう）が施されたリボンが縫い付けられた華やかな服である。ベルトは鹿の革で、先が尖った靴はトナカイの毛皮で作ったらしい。すべて手作りの、温もりある一着だった。

花嫁修業は順調で、刺繍やら裁縫やら、いろいろと叩き込まれた。幸い、細かい作業は苦にならず、手先は案外器用だったようで、母から合格をもらった。

途中、腐れ縁の元同僚エメリヒが求婚にやってきたが、即刻お断りをした。おそらく、私が結婚すると聞き、焦って訳もわからないまま行動に移したのだろう。

正気に戻れと説き伏せ、エメリヒと別れた。

出発の前日、従姉妹に嫁ぎ先に連れて行ってくれと懇願される。もちろん、そんなことなどできるわけがない。優しく諭し、互いに頑張ろうと励まし合った。

そして――私は異国の地へ嫁ぐこととなる。

馬車から船に乗り、長い航海を経てリツハルドの生まれ故郷へとたどり着いた。

外に出た瞬間、桁違いの寒さに襲われる。息を吸い込んだだけで、咳が止まらなくなった。

一面銀世界で、太陽の照り返しで雪原がキラキラと輝いていた。

なんて、美しい光景なのか。心が震える。

これが、リツハルドの生まれ育った国。森と湖に囲まれた、トナカイと共に生きる世界なのだ。

船着き場に、リツハルドの姿を発見した。弾けんばかりの笑みを浮かべ、ぶんぶんと両手を振っている。ここまで歓迎されたのは、生まれて初めてだった。胸に小さな火が宿ったように、温かな気持ちになる。

長い旅路だったが、来た甲斐があった。

私とリツハルドの雪国での生活が今、始まろうとしている。

（冬の章）
雪降る日の手仕事（カシテュエ）について

暗い空に、白い雪が横殴りに吹雪いている。すごい風と雪だ。窓枠がガタガタと音を鳴らすだけでなく、キシキシと家までも悲鳴をあげていた。

家が壊れてしまうのではと不安になったが、リツハルドは鼻歌を歌いながら暖炉に薪を積んでいる。

雪深いこの地にやってきて、一ヶ月。まだ生活に慣れていないため、そわそわと落ちつかない気分になるのだろう。

「リツ、家は大丈夫なのか？」

「吹き飛ばないか、心配しているの？」

「ああ」

「大丈夫だよ。この程度の風や雪では、家はビクともしないから」

そうは言っても、先ほどから家が微妙に揺れている。屋根からミシミシという音も聞こえていた。

一昨日から極夜らしく、昼過ぎなのに外は真っ暗。時間の感覚も摑めない上に、この気候だ。若干不安にもなる。

昼食を食べている間も、家が崩壊するのではないかと落ち着かなかった。

「こういう日は、家の中で作業するに限るよね。ジーク、ちょっと待っててね」

いったい、何をするというのか。腕組みして待機していたら、リツハルドは大きなカゴを持ってきた。

「これ、この前商人から買った食料なんだけど」

リンゴにナッツ類、栗、穀物など、保存が利きそうな食料が詰まっていた。

「ねえ、ジーク、保存食作りの手を貸してくれる？」

「ああ、わかった」

何か作業をしていたら、気が紛れるだろう。リツハルドの保存食作りを手伝うことに決めた。

まず、リツハルドが手に取ったのは、穀物が入った麻袋。

「これで、雑穀シリアルでも作ろっか」

シリアルというと、軍時代のエメリヒを思い出す。「朝食は絶対シリアル派だ」と言って、ミルクをたっぷり注いでいた。普段は大人しい男なのに、他の部隊の軍人から「ママのおっぱいの味が忘れられないのか？」とからかわれたときは、「うるさい！」と珍しく怒っていた記憶が残っている。妙なこだわりを持つ、面白い男だった。

穀物や乾燥果物で構成され、ミルクをかけて食べるシリアルは、不足しがちな栄養を一気に得ることができる。朝からしっかり糖分を取ると、眠気もスッキリなくなるとエメリヒは主張していた。

「リツは、シリアルが好きなのか？」

「うん。おいしいよね。朝食では食べないんだけれど、小腹が空いたときに摘まむ程度かな。歯ごたえを強く感じる食べ物は、少量で満足感があるし」

リツハルドの父親がシリアル派だったようで、母親がせっせと作るのを見て覚えたらしい。

「父は病的なシリアル派でね。毎日食べても飽きないみたい。でも、冬になったらミルクが手に入らないから、一回本気で泣いたみたいで」

トナカイの授乳期は春から初夏まで。長くても、秋まででしか出ないらしい。牛乳を売りにくる商人もいるが、日持ちしないのですぐにチーズやヨーグルトに加工されるのだという。

「最終的に、シリアルに珈琲(コーヒー)をかけたり、ベリージュースをかけたりと、独自の食べ方を編み出したみたい」

「なるほどな」

リツハルドがフライパンに穀物――燕麦の押し麦(ロールドオーツ)を入れ、暖炉の火でしばらく炒(い)る。穀物特有の香ばしい匂いが、ふわりと漂った。

燕麦(えんばく)は村の畑で収穫したらしい。春になったら、城塞の外に作った畑で毎年農業をしているようだ。

「これはね、燕麦を蒸したあと潰して、乾燥させたものなんだ。燕麦のままだと、消化しにくいんだって。普段はスープに入れて食べていたんだけれど、加工しないと水分を吸いにくくて、調理にも手間がかかるから、こうして圧を加えて保管するんだ」

今までなんの疑問もなく食べていたが、穀物を潰すことに大いなる意味があったようだ。

「あ、ごめん、ジーク。こんな話、つまらないよね」

「いや、大変興味深い話だった」

忙しい軍人生活の中で、誰かが日々行っていた暮らしの工夫に気付く余裕などなかった。

「これからは、ささやかな日々の変化を発見しながら、ゆったりのんびり、暮らしていきたい。だから、いろいろと教えてくれると嬉(うれ)しい」

リツハルドの表情が、パッと明るくなる。

辺境の地は白と黒と灰色の世界だが、彼が微笑(ほほえ)むと花が咲いたように場が華やかに色づく。豊かな生活とは、笑顔(えがお)によって成り立つのかもしれない。リツハルドの表情を曇らせないように、これからも努めたい。

「リツ、私は何を手伝えばいい？」

「あ、うん。じゃあ、これをお願い！」

手渡されたのは、太い木の棒だった。リツハルドはクルミとアーモンドの入った瓶を開け、革袋にざらざらと流す。

「ジークはこの木の実を、十回くらい叩(たた)いてもらえる？」

「わかった」

テーブルに革袋を置き、端を手で押さえながら棒で叩く。中の木の実は粉々になった。

「リツ、これでいいのか？」

「わー、ありがとう。ん、あれ？　あはは！」

砕いた木の実を見て、リツハルドは笑い始めた。何がおかしいのか、理解できない。

「あ、ごめん、ジーク。木の実が、木っ端みじんに砕かれていたから」

「リツがそうしろと言ったのだろう」

「うん、そうだったね。十回叩くと、木の実が三つくらいに砕かれるんだけど、ジークがやったら粉々になっちゃうんだなって」

「ああ、そういうことだったか。すまない」

「ううん、大丈夫。逆に、食べやすくなるかも。ありがとうね」

リツハルドはフライパンの燕麦を一つ摘まみ、口にする。カリッという音が鳴った。口が弧を描く。燕麦はカリカリになるまで炒めるようだ。

燕麦を深皿に移し、粉々になった木の実を追加して混ぜる。

蜂蜜とオリーブオイルを鍋に垂らし、少しだけぐつぐつと煮込んだ。ひと手間加えることによって、燕麦や木の実に味が馴染みやすくなるらしい。これに、先ほど混ぜた燕麦と木の実を加える。

最初はねっとりとしているが、次第に蜂蜜とオリーブオイルが材料に絡み、さらさらとし始める。部屋の中は甘い香りに包まれた。

「俺、シリアルを作るときの匂いが好きなんだよね」

「甘く、香ばしい匂いがするな」

「そう。お菓子じゃないんだけれど、なんか、わくわくするんだよね」

加熱したシリアルは鉄板の上で粗熱を取り、乾燥果物を混ぜたら完成となる。

「ここに二枚分の鉄板に作ったシリアルがあるけれど、一つは瓶に入れて、もう一つは――どうすると思う？」

「他の料理に使うのか？」

「そう、正解！」

粗熱を取ったシリアルを深皿に戻し、蜂蜜を加える。そして、再び鉄板に隙間なく敷き詰める。

「これを、暖炉で焼きます」

十分ほど焼いたら、シリアルバーの完成である。これも、粗熱が取れたら長方形にカットする。

一本ずつ、味見をしてみた。しっかり焼かれているからか、ガリッといい音が鳴る。

歯ごたえがあり、燕麦の香ばしさと、乾燥果物の甘酸っぱさが口の中に広がった。蜂蜜をたっぷり使っているのに、そこまで甘ったるくない。いつもより咀嚼(そしゃく)するからか、一本で満足感を得ることができた。

「これは、うまいな」

「よかった」

シリアルバーも、湿気を含まないよう瓶詰めする。保存期間は十日ほど。暖かい部屋は避け、地下の氷室で保管する。

「これね、猟に行く際の携帯食になるんだよ。小腹が空いたときにも最適なんだよね。これも、父がきっかけで作るようになったんだけれど」

リツハルドの父はよく、本を読みながらシリアルを食べていたらしい。その際、こぼしてしまい床に散らばって、困っていたのだとか。

「困っていたのは父ではなく、母なんだけどね。どうせ注意しても聞かないから、シリアルを蜂蜜で固めてしまえって、作ったのがこれなんだ」

「たしかに、手が離せないでいるときは、皿を用意してシリアルにミルクを注いで、という時間も惜しくなるから、実に効率的な料理だな」

「でしょう。父も気に入って、母に珍しく感謝していたんだ」

とりあえず、二種類の保存食が完成した。

「次は、リンゴかな」

冬の果物の代名詞ともいえるリンゴで、保存食を作るらしい。

「リンゴはね、ありがたいことに冷凍保存できるんだ。だから、買ってすぐ、半分は雪の中に埋めている。凍ったまま食べてもおいしいんだけどね」

まずリンゴの皮を剝(む)き、四等分にカットしたあと薄く切り分ける。リンゴはすぐに変色するが、塩水に浸けていたらきれいな状態を保てるという。

「コンポートから作ろうかな」

　リンゴのシロップ漬けの作り方は簡単だと、リツハルドは言う。

「深い鍋にリンゴ、水、砂糖を入れ、最後にレモン汁をさっと搾って煮込むだけ。鍋の底が焦げないように、しっかり混ぜるのがポイントかな？」

　暖炉の前にしゃがみこみ、交代で鍋を混ぜる。リンゴのフレッシュな匂いから、だんだんと甘い匂いに変わっていく。シロップは琥珀色になり、暖炉の火に照らされて輝いていた。

「……きれいだな」

「え？」

「煮詰まったリンゴが、宝石のようだ」

「あ、そうだね！　たしかに、きれい。今まで気付かなかったな。ジークのおかげだ」

　薄暗い部屋の中、暖炉の光だけで調理する。なんとも、不思議な気持ちになる。

　リツハルドと暮らす毎日は、童話の世界の中にいるような、ゆったりとした時間が流れていた。

「私は、ここの国で育ったら、軍人にはなっていなかっただろうな」

「ジークは、この村で生まれ育ったら、何をしているのかな？」

「猟師ぐらいしか、思い浮かばないが」

「猟師のジーク、カッコイイかも。それか、お土産屋さんの店員だったら、大繁盛しそうだね」

「私に店員が務まるだろうか？」

「務まる務まる。ジークみたいなすてきな店員さんがいたら、俺、毎日通ってしまいそう」

「私は毎日この家にいるだろう？」

「そうだった！」

面白いことを言う。ふっと笑みを漏らしたら、リツハルドが「今の笑い方、渋くてカッコイイ」とキラキラな目で見てきた。渋いと言われる女は、世界中探しても私以外いないだろう。そう考えたら、笑えてくる。

「あー！」

「リツ、どうした？」

「今、すっごく幸せだと思って。俺、ずっとさ、独りだったから。こうして、ジークが隣にいてくれて、一緒にリンゴを煮詰めてくれることを思ったら、胸がぎゅっとして、苦しくなったよ」

「胸が苦しくなるのは、幸せなのか？」

「すっごくすっごく、幸せだよー」

よくわからないが、リツハルドは幸せらしい。私には理解できない感情であるが。

「ねえ、ジーク、お願いがあるんだけれど」

リツハルドはもじもじと、照れた様子でこちらを見る。

「私が叶（かな）えられることであれば、いいのだが」

「本当？　あのね、ちょっとだけ、抱きしめてもいい？　一瞬でかまわないからさ」

なぜ？　という疑問が浮かんだが、嬉しかったり、幸せだったり、気持ちをわかち合ったりしたとき、誰かを抱擁したい気持ちはよくわかる。

リツハルドの幸せを理解できるかはわからなかったが、問題ないと頷いておく。

「嬉しい。じゃあ、お言葉に甘えて」

元気よく抱きついてくると思いきや、リツハルドはそっと私に触れ、優しく抱きしめてくる。

その瞬間、胸がどきんと高鳴り、誰かに心臓を鷲づかみされたように苦しくなった。

思わず「ああ……」と声を漏らす。これが、胸がぎゅっとして、苦しくなるという気持ちなのかと。

空っぽだった心に温かい何かが満たされるような気分になる。こんな感情は、今まで感じたことがない。

こうして抱擁されるのは羞恥がこみ上げるが、同時に、とても幸せな気持ちでいっぱいになった。

抱擁は十秒もなかった。リツハルドは宣言していたとおり、すぐに離れる。

「ジーク、ありがとう」

どういう反応をしていいのかわからず、頷くことしかできなかった。頬が燃えるように熱くなっている。部屋が暗くてよかった。暖炉に照らされた状態では、赤面しているとわからないだろう。

「ごめんね、俺ばかり、幸せになって」

「そんなことはない」

「でも、ジークには毎日甘えてばかりで」

　私も同じくらい幸せだと、どう伝えたらいいものか。もともとの性格もあるが、軍人生活が長いせいで、どうにも感情に乏しい。

「ジークも、いつか甘えてくれるようになったら、嬉しいな」

　他人に甘えるとは、具体的にどういう行為なのか。腕を組んで考えるが、よくわからない。

「ジーク、どうしたの？」

「いや、甘えるとは、どういうものなのかと思って」

「うーん。言葉にするのは難しいけれど、たとえば、鳥が樹に止まって羽を休ませるように、ジークが俺に寄りかかって、ホッとした表情を見せてくれたら、いいなって思っているよ」

「それだけでいいのならば、私はリツに随分と甘えていると思うのだが」

「えっ、そうなの？」

「ああ。私はリツといると、心が穏やかになる。今まで軍人をしていたと思えないくらいだ。なんせ私は、『紅蓮（ぐれん）の鷲』と呼ばれていたからな」

　他人に優しさなんか見せたら、そこがつけいられる隙となる。だから、常に肩肘張って生きていたのかもしれない。

寝る前は酒を飲まないとぐっすり眠れなかったし、ホッとできる場所なんてどこにもなかったような気がする。

「新しい生活が始まってからは、酒の力がなくても眠れるようになったし、外からこの家に帰ってくると、落ち着く」

「そっか。気付いていなかっただけで、ジークは俺の隣で、羽を休めてくれていたんだ」

「そういうことになる。私はどうやら言葉足らずで、リツに気持ちが伝わっていないのかもしれない」

「あ……うん。正直に言ったら、それはあるかも。ジークがそんなふうに思っていたなんて、想像もしていなかったからさ」

「どう感じていた？」

「ジークは元軍人だから、雪深い辺境の地での生活も、演習をするかの如く耐えてくれているんだろうなって」

「ここでの暮らしと演習は、比べものにならない。天と地ほども違う」

演習は大量の装備と食料を背負い、登山することもあれば、果てない密林地帯の中を進むときもある。毎日泥だらけになって、風呂も入れないまま、不味い食事を取りながら一週間ほど耐え忍ぶのだ。

「あれは、何回経験しても慣れることはない。野生の獣の気分を味わう。演習に比べたら、この村での生活は天国のようだ」

「そっか。だったら、よかった――おっと、鍋が噴き出そう！」

リンゴが煮えたようだ。火から下ろし、しばらく冷ましておく。

リツハルドは棚からクラッカーの入った缶を取り出し、できたてアツアツのコンポートを載せた。

「はい、あ～ん」

目の前に差し出されたものを、口に含む。このようなことをされた記憶がないので、恥ずかしくなった。口元を手で覆いながら、しっかり嚙みしめる。

「ジーク、どう？」

「おいしい、と、思う」

「そう。よかった」

いきなりこんなことをされたら、味わうどころではない。仕返しだとばかりに、私もリツハルドにリンゴのコンポートを載せたクラッカーを食べさせてやる。

「リツ、ほら」

恥ずかしいので、「あ～ん」なんて言えない。そのまま口元に持って行く。

「わー、ジーク、ありがとう。いただきます！」

リツハルドはそう言って、嬉しそうにぱくりとかぶりつく。頰に手を当て、嬉しそうに言った。

「あー、もう、最高！　ジークが食べさせてくれたから、世界一おいしいコンポートになったよ！」

大げさに反応するので、食べさせたこちらが恥ずかしくなる。仕返しのつもりだったのに、どうしてこうなったのか。思わず天を仰いでしまった。

「次はこっちかな」

続いてリツハルドが手にしたのは、塩水に浸けていたリンゴの皮と芯。これも、料理に使えるらしい。

「これでね、リンゴのジュレを作ります」

「リンゴの皮のジュレか。初めて聞くな」

「紅茶に入れたり、アイスクリームにかけたり、パンに塗ったり、いろんな活用方法があるんだよ」

まず、鍋にリンゴの皮と芯を入れて、一時間ほど煮込む。だんだんと、煮汁が赤く染まっていった。

「きれいな色がでるのだな」

「仕上がりはもっときれいになるよ」

灰汁（あく）を取り除きつつ、ぐるぐると鍋をかき混ぜる。爽やかで甘酸っぱいような匂いが、湯気と共に立ち上っていた。

会話が途切れたので、ずっと気になっていたことを質問してみた。

「リツのご両親の話を、聞いてもいいか？」

「うん、いいよ」

間を置かずに返されたので、ホッとしつつも話を続ける。

「父君がリューネブルク侯爵家の次男で、母君がレヴォントレット伯爵家の一人娘、だったな」

「そう。まあ、レヴォントレット伯爵家は貴族というよりも、村長一家って感じなんだけれど」

リツハルドの父親は学者をしながら、研究目的で世界を旅していたらしい。その中で、リツハルドの母親と出会ったようだ。

「なぜ、リツを残して、旅立ってしまったんだ？」

「長年、父を村に縛り付ける形になっていたんだ。父は学者で、いろいろ知っていたからさ」

農業改革、安全な出産に、病気の予防など——リツハルドの父親は、さまざまな知識を村にもたらしたのだという。

「俺から見た父はちゃらんぽらんで、適当で、いつもぐうたらしている人にしか見えなかったんだ。けれど、本当はもろくて、壊れやすい、繊細な人だったんだよ。もしも、教えた知識が間違っていたり、上手（うま）くいかなかったりしたらとか、助言が引き金になって誰かが死んだらどうしようとか、そんなことばかり考えていたみたいで」

「だから、旅立つ両親を止めなかったのだな」

「まあ、そうだね。父も、十分務めは果たしたと思うよ。母までついて行ったのは、想定外だったけれど。村から出たことのない、箱入り娘だったから」

「きっと、心配だったのだろうな」

「たぶん。父を独りきりにしたら、死んでしまうと思ったんだろうね。母は父が、死に場所を探して旅に出たのではと、感じ取ったのかもしれない」

「そう、だったのだな」

「俺はどちらかといえば母親似で、独りでも大丈夫だと判断されたんだと思う。でも、独りで生きていくのって、とっても大変で」

　そう言ったところでリツハルドは立ち上がり、火から鍋を下ろす。清潔な布で漉し、液体だけ鍋に戻した。

「これに砂糖とレモン汁を入れて煮込むと、リンゴにあるとろみ成分が働いてジュレ状になるんだ」

　ジュレ状にするには、『砂糖』、『酸』、『加熱』が必要らしい。

　ぐつぐつと煮立つ鍋の中に、砂糖とレモン汁を加える。すると、しだいに液体から固体へと変わっていく。最終的に、ゼリーのようにぷるぷるの状態になった。

「粗熱が取れたら瓶に詰めて、リンゴのジュレが完成となります」

　味見してみたがスッキリとした甘さで、紅茶や酒との相性がよさそうだ。

他に栗の甘露煮や、ザワークラウト、キャラメルナッツなど、甘いものからしょっぱいものまで、保存食を作っていく。テーブルにずらりと瓶詰めが並んだ様子は、壮観だった。

「すごいな。いつもだったら、集中力が続かずに、数をこなせないんだけれど、今日はジークが一緒だったから、たくさん作れた」

「私もいろいろと勉強になった」

手作りの食材を使って作る料理は、味わいも特別なものになるだろう。


今日は使用人一家が休みの日なので、自分たちで夕食を用意する。

一品任されたので、暖炉の前に陣取って調理開始。ジャガイモを手に取る。

祖国のジャガイモと比べて、この国のジャガイモは小ぶりだ。気候が関係しているので、仕方がない話だろうが。

まず、ジャガイモをきれいに洗う。続いて水分を拭き取って表面に小麦粉を振り、皮のまま油でカラッと揚げる。

揚がったジャガイモにバターを落とすと、熱で溶けて黄金色に変わっていく。溶けきる前に、混ぜた。仕上げに刻んだディルを散らしたら、ジャガイモバターの完成である。

祖国のレシピではパセリを入れるのだが、この国ではディルのほうがメジャーだと聞いていた。きっと、ジャガイモと合うだろう。

「うわー、ジーク、おいしそうな物を作ったんだね」

リツハルドが、料理を両手に持ってやってくる。

「リツは何を作ったんだ？」

「田舎風パンケーキだよ」

「これは――」

パンケーキというと、円くてフワフワしたケーキといった感じだったが、この国ではまったく異なる。四角くカットされ、『パンヌカック』と呼ばれているという。

「一枚一枚焼くんじゃなくて、オリーブオイルを薄く塗った鉄板に、パンケーキの生地を流し込んで、一気に焼くんだ。それで、盛り付ける前にカットする」

「ああ、なるほど。だから、こういう形なのだな」

「外から来た人は、これがパンケーキ!?　みたいな感じで驚くんだよね」

リツハルドはパンヌカックに、作ったばかりのシリアルとリンゴのコンポート、ジュレを載せる。

「今日は贅沢に仕上げてみました」

「おいしそうだ」

「食べよう」

昨日、ルルポロンが作り置きしてくれた鹿肉のスープも暖炉で温めた。ごちそうを前に手と手を合わせ、村の精霊に感謝の祈りを捧げた。

まずは、ルルポロン特製の鹿肉スープから口にする。丁寧に出汁を取り、鹿肉を軟らかく煮込んでいる。口の中で、ほろりと解れた。

「うん、ルルポロンのスープは今日もおいしい」

「そうだな」

ルルポロンのスープは優しい味がする。心がホッと落ち着いた。

じんわりと温まったところで、リツハルドが作ったパンヌカックをいただくことにした。

「全部載せは欲張り過ぎちゃったかな?」

「たまにはいいだろう」

一口目は、何も付けずにそのまま食べてみる。生地はしっとり、食感はもちもち。ほのかに甘くて、今日作った保存食との相性もよさそうだ。

続いて、リンゴのコンポートと合わせてみる。コンポートの甘さは、パンヌカックと合わせて食べることによってほどよいものとなった。リンゴのシャクシャクとした食感がたまらない。

リンゴのジュレは、また異なる味わいとなる。あっさり爽やかといえばいいのか。同じリンゴを砂糖で煮詰めただけなのに、これだけ違いがあるとは。驚いた。

シリアルと食べると、ざくざくという食感が楽しめる。ジュレをほんのちょっと混ぜたら、さらにおいしくなった。

「ジーク、どうかな？」

「どれもおいしい。意外と、なんでも合うんだな」

「そうなんだよね。ベーコンや目玉焼きとか、しょっぱい系とも相性がいいんだよ」

「今度試してみよう」

甘いものの連続だったので、そろそろしょっぱいものが食べたくなる。

「じゃあ、ジークのジャガイモバターを食べようかな」

「ただ、ジャガイモを揚げただけで、料理であるか定かではないが」

「いやいや、立派な料理だって」

リツハルドはジャガイモをフォークで突き刺し、躊躇（ためら）うことなくパクリと食べた。

「うん、おいしい！　カリカリに揚がったジャガイモに、うすーくバターの膜が付いていて、ディルの風味がいいアクセントになっている」

「お口に合ったようで、何よりだ」

「これ、どこで覚えたの？」

「それは――」

軍人時代の父の趣味が、家庭菜園だった。さまざまな種類の野菜を作っては、野外料理でふるまってくれたのだ。

「その中の一つが、このジャガイモバターだ。特に習ったわけではなくて、作っているのを真似（まね）

したただけなのだが」

「そうだったんだ。お義父さん、野菜を育てる趣味があったんだね」

「他に、チーズやソーセージ作りにハマっていたらしい。その辺は、さすがに作れないが」

「そっかー。今度、会う機会があったら、教えてもらおうかな」

「きっと、喜ぶ」

今は、趣味とはいえない規模になっている。チーズ工房に、ソーセージ小屋を作ったと聞いたときは驚いたものだ。さらに、作ったものは商店に卸していると話していた。趣味が立派な職業となっているわけだ。

「しかし、本来ならば領土の収入だけで暮らしていけるのだがな。爵位は戦争の活躍で得たものだから、一族の者達の多くは軍人をしている」

「なんていうか、尊敬しちゃうな。不労所得が入ってくるのならば、俺だったら働かないけれどな」

「そうだろうか？　私は、リツほどの働き者を見たことがないのだが」

「働かないと、生きていけないからねえ。世知辛い世の中だよ」

そうは言っているものの、父同様、リツハルドも一日中せっせと働いているであろうことは容易に想像できた。本人は働きたくないようだが。

食後はカードで遊んだり、たわいもない昔話をしたり。

会話が途切れた瞬間に、ガタン！ と大きく窓枠が揺れた。

「あー、今日は一日ずっとこんなだったね」

「そう、だったのか？」

「うん。ガタガタ音が鳴っていたけれど」

昼間は不安がっていたのに、不思議なものだ。リツハルドと過ごしているうちに、平気になるなんて。

「手仕事って、無になれるんだよね。雑音も耳に入らなくなるくらい、集中するから」

「そうかもしれない」

もしも、風の音で眠れぬ晩は、編み物や刺繍などの手仕事をして過ごせばいいということか。

「明日は、風が止むといいな」

「そうだね。犬の散歩に行きたいし、トナカイ小屋の消毒もしたいし。あと、屋根の雪下ろしもしなきゃ」

半日外に出ないだけで、仕事は山のように積み上がってしまう。毎日せっせと働かなければ、厳しい大地では生きていけないのだ。

「この土地では、強い風が吹く日は、精霊が仕事を休めと訴えていると言われているんだ。だから、みんな率先して仕事を休んで、ゆっくり過ごすんだよね」

「しかし今日は、しっかり働いたな」

「そうなんだ。なんか、ダラダラ過ごすのって、性に合わないから」

「やはり、リツハルドは働き者なんだな」

「そんなことないって。貧乏性というか、なんというか。あ、ごめん。ジーク、もしかして、ゆっくりしたかった？」

「座って手仕事をするのは、半分休んでいるようなものだ。これ以上、ゆっくりすることなどないだろう」

「わー、働き者の発言だ」

「そんなことはない」

しばらく働き者の称号を押しつけ合ったが、キリがなかった。結局、一番の働き者は私ということになった。

「ジークは、お休みの日は何をしていたの？」

「実家に戻ることが多かった。姪と遊んだり、従姉妹と買い物に行ったり、甥とテニスをしたり」

「家族サービスをしていたんだね」

「まあ、そうだな。リツは何をしていた？」

「俺は、そうだな――あれ、思いつかない」

「毎日毎日働いていたのか？」

「いや、そんなはずはないんだけれど。あれ～？」

やはり、リツハルドのほうが働き者だったのだ。

今度から、二人で息抜きする休日を作る必要がある。このままの生活を続けていたら、体が持たないだろう。

「リツ、週に一度、休日を決めよう。その日は、働くのは禁止だ」

「うん、いいね」

あっさり採用されたが、果たして本当に休むのか。怪しいものである。

きっちり休んで、体の調子を整えないといけない。そのためには、私もしっかり休まないといけないだろう。

新たな目標ができる。それは、リツハルドに休日らしい休日を過ごしてもらうこと。

難しいかもしれないが、リツハルドのためだ。頑張って達成しようと思う。

×××

早朝、太陽が昇らなくても、同じように朝がやってくる。

角灯を片手に外の世界へ踏み出すと、空にはいまだ星が瞬いていた。

相変わらず、体の芯から冷えるような寒さだ。呼吸の仕方を間違えると、咳(せき)が止まらなくなるほどの極寒である。

白い息が出ない日など、今まで一度もなかった。

けれど、私は朝のこの時間帯を気に入っている。

星が広がる空に、太陽の光が地平線に一筋の糸を引くように差し込むのだ。

だんだんと陽光が強くなり、夜闇が上へ上へと押し上げられる。何度見ても飽きない光景だった。

辺境の朝はなかなか太陽は顔を覗かせないが、時間を追うごとにうっすら明るくなる。暗闇から、青の世界へと変わるのだ。

そんな極夜の青い太陽に照らされる雪は、息を呑むほど美しい。私はそれを見るために、毎朝早起きをしているのかもしれない。

犬小屋からソリ犬を連れ、散歩に出かける。私ほどの怪力の持ち主でも四匹が限界で、留守番の犬たちに「またあとで」と言葉を残し、家を出た。

辺りは夜のように真っ暗なのに、民家はポツポツ灯りが点いている。人の気配もあった。

村の女性陣は早起きして、働いているのだ。

「ジークリンデ様、おはようございます」

「ああ、おはよう」

私に挨拶してきたのは、十四、五歳くらいの少女。今から朝食の準備をするのだろう。薪を胸に抱いていた。

鼻の頭を真っ赤に染めながらも、健気(けなげ)に働いている。

「今日は、お一人なんですね」

「ああ」

私が朝の散歩をしたいと申し出たら、リツハルドは同行してくれた。しかし、あまりにも眠そうにしていたので、翌日からは一人で行く旨を伝えたのだ。

今、リツハルドはぐっすり夢の中だ。きっと、夜遅くまで領主としての仕事をしているのだろう。

村人からの要望を叶えるため予算配分をしたり、要塞に駐屯する軍人からの報告を読んだりと、なかなか忙しいようだ。

この辺りには、いくつかトナカイの遊牧民だった種族の村がある。皆同じ、サフィーリと名乗る者たちだ。

村ごとに民族衣装が異なり、リツハルドの村の者は青。他の村の者は、緑だったり、赤だったりと、ひと目でどこの村の者かわかるようになっているらしい。

村の中でも、リツハルドが治める村は特別だった。サフィーリの代表として、国王より爵位が与えられた。加えて、村をぐるりと覆う城塞があり、軍人まで配備されている。

辺境の村に軍は必要なのかと、リツハルドに問いかけたことがある。答えは「否」だった。

なぜ、辺境の村に城塞が建っているのか。その理由は、何世紀か前に遡る。

ある年に、記録的な水不足が発生した。川は涸れかけ、農作物はまったくといっていいほど育たなかった。幸い、サフィーリにはトナカイがいた。各々所有するトナカイを食べ、干ばつをしのいだ。

だが、野生動物はそうもいかない。雨が降らないと森の木々は痩せ、湖は水が涸れそうになる。

そんな中で、野生動物が起こした行動は、人里を襲うことだった。

熊が、狼が、山猫が、人の血肉を喰らうために村にやってくる。

狩猟民族とはいえ、夜闇の中で襲われたら打つ手はない。

どうにか対策を取ろうと、当時の領主は王都まで足を運び、国王に助けを求めた。

国王はすぐに頷かなかったが、領主の娘を見初めた。

領主の娘は、自分の身と引き換えに、村を守るように願った。そこでようやく、国王は頷いたのだという。

村の周囲には立派な城塞が建てられ、野生動物から守ってくれる軍が置かれた。

それが、辺境の村に城塞があり、軍が常駐している理由である。

野生動物がはびこる時代は精鋭が集められていたようだが、今では軍の左遷先となっている。

昼間から酒を飲み、大騒ぎし、当然仕事はしない困った奴らである。

村の予算で運営されているわけではないため、いくらリツハルドが注意しても聞く耳を持たないようだ。

今まで、朝方の城塞は真っ暗だった。しかし、今は一つだけ灯りが点されている。

最近、新しい隊長が配属された。生真面目な性格のようで、毎朝早起きして、仕事をしているらしい。軍人たちの意識が変わればいいが、長年続いていたぐうたらな生活を改めることは難しいだろう。

はあとため息をつくと、白い吐息がふわりと漂う。犬の縄を引き、先へと進んだ。

いつもと同じように土産屋を目指して歩いていると、店の前に不審な影を発見する。

銀色の髪をおさげにした美しい少女――アイナだ。ソワソワと落ち着かない様子で、窓から土産屋の様子を窺っていた。

「アイナ、どうかしたのか？」

「きゃあ！」

よほど、土産屋の内部を覗くことに集中していたのか、声をかけただけで驚かれてしまった。

アイナは赤く染まった顔で、振り返る。照れているのではなく、長時間外にいたので、耳まで赤くなっているのだろう。

「耳当てはどうした。痛いだろう？」

「え、ええ。急いでいたから、忘れてしまって」

気の毒になるほど真っ赤なので、私の耳当てを貸してやる。

「あ、そんな。ジークリンデさんの耳が痛くなるわ」

「心配するな。もう、家に戻るから」

「私も、家に帰るわ」

「何か、土産屋のおかみさんに用事があったのでは？」

アイナは顔を伏せ、三つ編みの毛先をいじりながらもじもじするばかり。一向に、話しそうにない。おかみが起きていたら、店の商品を売ってもらうことも可能だ。しかし残念ながら、灯りは点いていない。

「うちにある品ならば、分けてあげようか？　何が必要なのだ？」

「……便せんが、ほしくて」

「そうか。家にたくさんあるから、あとで持って行ってやろうか？」

「ダメ！　昼間はお祖父ちゃんがいるから、気付かれたら――」

「ああ、そうだったな。ならば、今から一緒にレヴォントレット家まで行って、すぐさま用意しよう」

「いいの？」

「ああ。エメリヒへ書く手紙なのだろう？」

アイナは目を泳がせつつ、こくりと頷く。

エメリヒ・ダーヴィット。軍人時代の元同僚で、腐れ縁が続き長年一緒の部隊で任務に就いていた。私が結婚すると聞き、慌てて求婚してきたり、嫁ぎ先にやってきたりと、なかなか奇想天外な行動を起こす男だ。

私に対する感情は、友情と愛情を勘違いしてしまった結果である。

性格は基本、能天気で前向き、他人とトラブルを起こさない穏やかな性格の持ち主である。そんな男が、アイナに一目惚れし、国を隔てながらも文通を始めたのだ。

アイナもまんざらでもない様子だが、問題は多々ある。

まず、エメリヒが遠く離れた国で軍人をしていること。いつ死ぬかわからない職業故に、アイナが悲しむような事態になりかねない。

だが、そのうちエメリヒは、アイナのためにこの国へやってくるような気がした。

ただ、大きな問題があった。アイナの祖父母が、大の異国人嫌いなのだ。

これればかりは、どうしようもない。

可能であれば、二人の関係を応援したかった。というのも、アイナは美しい娘で、他の村人や軍人からも人気が高い。けれど、声をかけてもアイナは忙しい上に、口下手なのできつい言葉で相手を威嚇し、追い返してしまうのだという。あまりの気の強さに、男のほうが尻込みしているというわけだ。

リツハルド曰く、「心が折れずにアイナに接することができるのは、世界中探してもエメリヒくらいだ」と。

「本当は三日前から便せんがなくて、返事を書けなかったの。でも、最近お祖父ちゃんが張り切って朝から晩まで仕事をしているから、買いに行けなくて」

「そうだったのだな」

「早く返事を書きたいのに。あの人も、待っていたら悪いし」

アイナの長い睫（まつげ）が震える。眦（まなじり）に、じわりと涙が浮かんだ。

「他の人みたいに、私を嫌いにならないかって」

「大丈夫だ。アイナを嫌う人なんて、いるわけがない」

「で、でも、私、他人を前にしてしまうと、きつい言葉しかでてこなくて……。そのうち、誰も話しかけてこなくなるの」

アイナは震える指先を、ぎゅっと握りしめる。

「なぜ、私は自ら人に、嫌われるような態度を取っているのかと。どうすればいいのか考えるけれど、ぜんぜんわからないの。本当に、すぐに人から避けられてばかりで……」

「もしかしたらそれは、アイナを怖がっているだけなのかもしれない」

「私を、怖がる？」

「そうだ。もしも猫に手を伸ばして引っかかれたら、次に会ったときも引っかかれるのかもしれないと思うだろう？」

「ええ」

「アイナに対する感情も、同じものだ。嫌っているのではなく、怖がっているのだろう。そしてアイナ自身も、相手を怖がっている。違うか？」

「そう、かもしれないわ」

「互いに怖がっていたら、いつまで経っても打ち解けないだろう。もしも、友好的な関係を築こうと思ったら、怖がらないことだ」

アイナの涙は止まったようだが、今度はシュンと肩を落とす。

「あの人は、怖くないの。でも、いざ顔を合わせると、強い態度に出てしまって」

「エメリヒは気が長い男だ。気にせず、ゆっくり書いたらいい」

「ジークリンデさん、ありがとう」

レヴォントレット伯爵家の敷地に入ると、ミルポロンと鉢合わせになる。朝も早い時間から、トナカイや犬の世話をしにやってくるのだ。

アイナは、ミルポロンをじっと見つめたまま、佇んでいる。そういえば、二人は同じ年頃だ。

ここで、アイナが思いがけない行動にでる。

「あの、お、おはよう」

アイナが頭を下げると、ミルポロンは拳で胸を打った。

「アイナ、あれは、彼女達の一族の挨拶や返事、感謝の気持ちを意味する」

首を傾げるアイナに意味を説明してあげると、表情がパッと明るくなった。挨拶を返してもらえたので、嬉しいのだろう。

「彼女の名は、ミルポロンだ。言葉は通じないが、心優しい娘だ。よかったら、仲良くしてやってくれ」

「え、ええ。わかったわ」

アイナは一歩前に出て、ミルポロンに自己紹介する。

「私は、アイナ。アイナよ」

何度も自分を指し、アイナだと名乗る。ミルポロンも、可愛らしい声で「ミルポロン」と呟いた。アイナが差し出した手を、ミルポロンはそっと握り返す。

二人は、照れくさそうな笑みを浮かべていた。

祖父母の影響を受けて異国人嫌いだった不器用なアイナが、勇気を出して行動に移したことを嬉しく思う。

彼女の頑張りを受け止めてくれる相手が、ミルポロンで本当によかった。

その後、便せんをアイナに手渡す。物々交換するつもりだったようで、レースの肩掛けをもらった。便せん一式と釣り合わない品だったが、アイナは「受け取って」と言って聞かない。

最終的に押しに負け、受け取ることにした。

アイナが帰ったあと、居間で珈琲を淹れていたらリツハルドが起きてくる。

「ジーク、おはよう」

「おはよう」

「珈琲、いい香りだね。飲まなくても、目が覚めそう」

そう言っていたが、いまだリツハルドの目は半分閉じている。彼は朝が苦手なのだ。

「なんか、アイナの声が聞こえていた気がしたんだけれど」

「便せんがなくなったとかで、分けてあげようとしたが、物々交換になってしまった」

「ああ、そうだったんだ。あ、もしかして、その肩掛け、アイナが作った物？」

「そうだ。釣り合わない品をもらってしまった」

「いいんだよ。アイナの、ありがとうって気持ちも込められているのだから」

「そうだな。また今度、会ったときに改めて礼を言っておこう」

珈琲を飲みながら、早朝の散歩であった出来事を語る。

「アイナの態度ね。何度か忠告したんだけれど、聞かなくて。やっぱり、ジークの言い方がよかったんだろうな。俺、世話焼きおばちゃんみたいに、まくしたてるように言っちゃってたかも」

「以前と違って、アイナが大人になったのも関係しているのだろう」

「そっか。もう、アイナも十六歳だもんね。結婚できる年齢か」

一度、リツハルドにアイナとの結婚話が浮上したらしい。近親婚を繰り返していたサフィーリの中でも、アイナの家とは比較的遠縁にあったのだとか。

「話を持ってきたのはアイナのお父さんで、いろいろと将来が心配だったんだろうね」

それは、アイナの父親が亡くなる一年前の話だったらしい。

「アイナは異性に噛みつきまくる中で、俺には比較的心を開いていたからさ」

「リツの両親が、断ったのか？」

「ううん、断ったのは俺。アイナは妹みたいに接していたからさ、女性として見ることができなくて。十歳以上年が離れていたら、価値観も違うだろうし、結婚しても上手くいかなかったと思うな」

リツハルドは言う。結婚において大事なのは、互いの価値観が同じ方向を向いていることだと。

「価値観がまったく同じ人は、たぶんいないと思う。でも、近い人ならいるかもしれない。ちょっとでもズレていると、結婚生活は地獄と化してしまうから」

たしかに、料理の食べ方一つでも合わなかったら、日々の生活は息苦しくなるのだろう。

「私はリツと、驚くほど価値観が合っていたのかもしれない」

「うん。離れた場所で、ことごとく異なる環境で生きてきたのに、不思議だよね」

改めて、リツハルドとの出会いは奇跡的なものだったのだろうと思う。

「そうそう。アイナのお父さんと、年頃になったら結婚相手を見繕う約束をしていたんだ。エメリヒとのことが、上手くいけばいいんだけどなー」

「他に、遠縁で近い年頃の男はいないのか？」

「いるっちゃいるんだけどねえ」

リツハルドは何か思い出しているのか「むふふ」と笑い始める。

「どうした？」

「いや、その男の子、実は、ミルポロンのことが好きみたいで」

「そうだったのか」

「アイナ同様、素直じゃなくてね。でもまあ、軍人とか他の村の男がミルポロンにちょっかいかけようとしたら全力で妨害しているから、そのうち上手い方向に転がるんじゃないかな」

「そうなったら、テオポロンも安心だろう」

両親はずっと一緒にいてくれるわけではない。いつか、独り立ちをしなくてはいけないだろう。そんなミルポロンを支える存在があったら、どれだけありがたいか。

「できたらお友達から、ゆっくりと関係を築いてくれたらと思うんだけれど」

「友達といえば、先ほどアイナとミルポロンが自己紹介をしていた」

「えー、あの二人が？　珍しいこともあるんだね。でも、優しいミルポロンと、ツンツンのアイナは、案外相性がいい気がする」

「私もそう思った」

この村には、暗く悲しい歴史がある。しかし、それを気にしてばかりでは、前に進めない。

未来は若者たちが作り出す。

古い考えを大事にしつつも新しい道を作り、どうか村人たちを導いてほしい。

幸い、異国人を嫌い、閉鎖的な考えを持つ若者は少ない。

きっと、雪解けもすぐ間近だろう。そんなことを思わせる力を、この村から感じていた。

話がいち段落したところで、朝食の時間となる。

焼きたてパンに、ウサギ肉のスープ、鹿ステーキのベリーソース添えと、朝から豪勢だ。

作ってくれたルルポロンに感謝しつつ、料理をいただく。

「うん、おいしい」

「おいしいね」

ここは北極圏にほど近い極寒の村だが、人の心は温かい。

温もりある食卓を、リツハルドと囲んでいることを今日も幸せに思った。

リツハルドの新婚記録帳　その一

人との接触も最低限となる極夜のシーズンは、憂鬱でならなかった。十年もの間、よく独りで耐えたものだと思っている。

まあ、本当に独りというわけじゃなくて、ランゴ家がいたわけだけれど。

あまりにも寂しいときは、テオポロンに話を聞いてもらっていた。

両親が旅先から戻らないことや、村人たちのちょっとした諍い話、それから、一向に結婚相手が見つからないことなど。

テオポロンは俺の言っている言葉を理解できないのに、じっと真剣な眼差しで話を聞いていた。

しだいに、森の熊にでも話しているような気持ちになって、話を中断させた記憶は一つや二つどころではない。

元気がない俺に、ルルポロンはテオポロンが狩った熊肉で料理を作ってくれる日もあった。

彼女だけではなく、ミルポロンも森で捕まえたウサギを手渡し、元気を出せと励ましてくれた。

そんなわけで、完全に独りきりではなかったのだ。

土産屋のおかみさんに、「ミルポロンを娶ればいいじゃないか」なんて言われることもあった。

小さな頃から知っているので、それはない、というのが本音である。アイナ同様、ミルポロンも妹的な存在なのだ。

もう、一生結婚相手なんて見つからないのかもしれない。そう思っていた折に、ジークと出会った。

彼女との出会いは衝撃的で、まるで物語の一ページのように、鮮明に思い出せる。

凛という言葉は、ジークのためにあると言っても過言ではないほど美しく、精悍で、清廉潔白だった。真摯な生き様が、立ち姿に溢れていたようにも思える。

ジーク以外の存在が見えなくなって、気付いたら求婚していた。まさか、彼女が話を受け、辺境の地まで来てくれるなんて、思いもしなかった。

ただし、ジークは俺に、ある条件を出した。それは、一年間仮の結婚をするということ。

共に生活を送るなかで、相手に不満を感じるときがあるかもしれない。結婚してから嘆くのでは遅い。まずは仮の婚姻を結び、お試しで一年共同生活を送る。そして、互いに納得したのならば、正式に結婚すればいい。これが、ジークの挙げた条件である。

最初はガッカリしたものの、これまでの花嫁候補のように、この土地を見て「やっぱり無理」と言われるよりはいいのかもしれない。

やはり、実際に暮らして土地を知っておかないと、嫁ぐ勇気なんか出ないだろう。

そんなわけで、ジークと二人で暮らし始めた。

最初のころは、緊張の連続だった。なんといっても、ジークは椅子に腰掛けているだけでもカッコイイ。見蕩れるあまり、大丈夫かとジークに心配されたことが何度もあった。「あまりにもおきれいなので、魅入っていました」、などと言えるわけもなく。

一週間経っても、二週間経っても、ジークは隙を見せなかった。

ジークリンデという女性は、最初の印象通りの真面目で清らかな心を持つ女性だった。

一緒に生活を始めてそんなに期間も経過していないのに、不思議と息がぴったりで、合わないところなど何一つない。完璧な人だった。慣れない土地での不安や文句を言うことなく、暮らしについてきてくれた。

ホッとする反面、どこかで我慢をしているのではないかと、心苦しくもなった。

けれど、直接ジークに「大丈夫、無理していない？」だなんて聞ける余裕もなく。もしも、ジークに「毎日の暮らしが辛いから、実家に帰らせていただく」などと言われてしまったら、二度と立ち直れないだろう。

ある日、ジークがここにやってきて初めて、不安を口にした。それは、吹雪で家が倒壊しないか、というものだった。

よくある少し風が強い日だと思っていたが、ジークにとっては心配するような天候だったらしい。

俺が子どものときにも、嵐がやってきて、恐ろしく感じる日があったことを思い出す。母はあっけらかんとしていて大丈夫だと言い、加えて「暇を持て余しているのであれば木の実の殻を割ってちょうだい」と、仕事を任されてしまったのだ。

　木の実を割ってるうちに気にならなくなったので、ジークにも同じことをしてみた。すると、強ばっていた表情が、だんだん和らいでいく。作戦は大成功。二人並んで一つの作業をするというのは、とても尊い時間だった。

　ジークの話を聞き、こちらも話をする。理解を深めていくうちに、なんてすてきな女性なのだろうと、改めて思ってしまう。

　あのとき、直感で結婚したいと感じた衝動に、間違いはなかったようだ。

　気持ちが昂ぶって、抱きしめてしまった。一応、了解を取ってからだったけれど、ジークの体は一瞬にして強ばった。

　嫌われたくないという一心で、体はすぐに離す。恐ろしくて、ジークの表情なんて確認できなかった。

　ただ、いつもよりかは、本当の気持ちを伝えられたような気がする。最終的に、ジークが甘えてくれたらいいのだけれど、難しいだろう。と、考えていたのに、ジークはすでに甘えている状態にあるという。

　ジークが気を抜く瞬間はわかりにくいようで、十分ここでの暮らしに満足しているらしい。

　ここで、気付く。俺たち二人に足りないのは、腹を割った会話であると。

　急に距離を詰めても、気持ちは近づかないだろう。だから、少しずつ少しずつ、想いを言葉にして、いずれはジークと本当の夫婦になれたらいいなと思った。

ランゴ家の一日

極寒の地で生活するランゴ一家は、ワケアリ家族である。

彼らは連邦共和国が位置する北東部で暮らしていた先住民だった。

馬に跨がり、大平原に生息する野生の長毛野牛を槍一本で仕留める、勇敢な一族の一員であった過去を持つ。鮮やかな羽根冠は猛き者の証で、寝るとき以外は常に身に着けている。

五十名ほどの少数単位で集まり、定住せず、長毛野牛を追って各地を転々としていた。

冬の寒さは厳しく、夏は暑い。そんな辛い気候の中だが、家族は身を寄せ合って幸せに暮らしていた。

だが、それも長続きしなかった。族長が、テオポロンに妻を寄越すように命じたのだ。

妻を差し出せば、一生生活に困らない家畜を与えるという。娘ミルポロンの結婚相手も、見繕ってやると宣言していた。

刃向かえば、その場で殺される。族長の言うことは絶対だった。

妻ルルポロンは、家族が豊かに暮らせるのならばと、自分を犠牲にしようとしていた。

テオポロンは考える。妻のいない人生に、豊かさなど見い出せない、と。

決断は早かった。テオポロンは家族を連れ、旅立つことにした。

楽な旅ではなかった。大雪の中、命の危機に瀕（ひん）したり、狼（おおかみ）に襲われたり。密林地帯で大型のヘビやワニと戦った日もあった。

テオポロンは傷つきながらも、家族を守るために拳を揮（ふる）う。

安住の地を求めて旅していたが、ワケアリで言葉も通じない一家を受け入れてくれる場所はなかった。

山の向こう側に、もしかしたら一家が幸せに暮らせる村があるかもしれない。そう思い、高い山を越えようと登山を開始する。その中で、思いがけない邂逅（かいこう）を果たす。

顔面蒼白（そうはく）状態の中年男性が、木陰に蹲（うずくま）っていたのだ。傍（そば）に付き添っていた女性が、テオポロン一家に助けを求める。

この症状は、テオポロンがよく知る症状だった。高い山に登ると空気が薄くなる。それが原因で、具合を悪くしてしまうのだ。

言葉が通じないのでテオポロンは上手（うま）く説明できなかったが、ルルポロンが女性の背中をさすり、励ましていた。

男性に水を飲ませしばし休ませてから、テオポロンが背負い下山した。

彼らは北極圏から旅してきた夫婦だった。倒れた夫は学のある者のようで、少しならば意思の疎通を取ることも可能だった。

夫婦が礼をしたいと言うので、どこか安住の地がないか紹介してくれと頼み込む。すると、雪深い場所ではあるものの、夫婦の故郷で暮らせばいいと言ってくれた。

どこにも受け入れられなかった一家にとって、またとない話である。

吹雪の晩、身を寄せ合って死を覚悟した夜を思えば、寒いくらいなんてことはない。テオポロン一家は喜んで、夫婦の故郷に身を寄せることとなった。

テオポロン一家を受け入れてくれたのは、夫婦の一人息子リツハルドだった。

村に来るまでにボロボロになってしまった旅装束を見て、急いで服や布を用意してくれた。

それから、温かい食料と眠る場所も。

言葉はわからずとも、リツハルドは事情を察して親切にしてくれた。テオポロンは深く感謝し、何があってもリツハルドのことを守ろうと、心に誓った。


テオポロン一家が北極圏にほど近い村にやってきてから、十年経った。

ある日、一家に家が与えられた。立派な平屋建てで、出入り口には熊のハンティングトロフィーが飾られている。十年間の働きが認められたようで、テオポロンは感無量となった。

十一年目、リツハルド自身にも変化が起こる。

ずっと独りきりだったリツハルドに、伴侶ができたのだ。テオポロンはジークリンデを戦士だと勘違いしていたが、ルルポロンに「あれは奥さんですよ」と教えてもらう。

テオポロンはリツハルドの結婚を、心から嬉しく思った。

ルルポロンは笑顔でリツハルドの家に通っては、料理を作り続けている。ミルポロンも最近友達ができたようで、同じ年頃のおさげの少女アイナが顔を見せるようになった。

初めての友達に感化されたのか、ミルポロンも日に日に明るくなっているような気がした。

ミルポロンにちょっかいをかける男もいるようだが、今のところ悪さをしている様子はない。大事な一人娘を傷つけるようなことをしたら、絶対に許さない。睨(にら)みを利かせていたが、男はミルポロンを想い、どう接していいのかわからないといった様子だった。

根は真面目(まじめ)なようだから、しばし見守っておくことにしよう。テオポロンは寛大な態度で、男を野放しにしていた。

かつて妻を寄越せと言われたときには想像していなかった、幸せな毎日である。あのときの判断は間違っていなかったのだと、テオポロンはしみじみ思っていた。

十年先も、二十年先、三十年先も満たされた日々が送れるように。

テオポロンは心から祈るばかりであった。

（春の章）

春季（ケヴァト）がやってきた

春といっても冬と変わらぬ景色が広がっていたが、確実に雪は解け、大地に生命の誕生を促す水と化す。

サフィーリの村では、毎年恒例の春の催しがあるらしい。

「ジーク、なんだと思う？」

リツハルドは小首を傾げながら、尋ねてくる。こういう仕草が似合うのが、実に羨ましい。私や他の軍人がしたら、確実に睨んでいると勘違いされるだろう。

「春の催し、か」

春といっても、雪祭りができそうなくらい雪深い。まだまだ祝える雰囲気ではないだろう。

「ヒントはね、これ！」

リツハルドは両手を頭に乗せ、ぴょんぴょん跳ねる。これは、ウサギの真似か。普通に「可愛い」という感想しか浮かばなかったが、春のシーズンとウサギで連想する催しがあった。

「復活祭、か」

「正解！　村では、『パーシアイネン』って呼ばれているんだ。他の国とは違って、独自の伝承が伝わっているんだよ」

復活祭といったら、磔にされた神が三日後に復活したことを祝う催しだ。ここでは、まったく異なるものらしい。

「それは、どういった祭りなんだ？」

「少し長いけどいい？」

「頼む」

リツハルドはゴホンゴホンと咳払（せきばら）いし、伝承を語り始める。

「――むかしむかし、あるところにおぞましい魔物がいました。魔物はさみしがり屋で、村に行って人間と仲良くしようと思いました。みんなで暮らしたら、きっと楽しいと確信していたのです。しかし、村人は、魔物のおぞましい姿を見て、石を投げてしまったのです。魔物は怒り、森のベリーやキノコ、野生動物を独り占めしてしまいました――」

「酷い仕返しだな。石を投げた村人だけでなく、数多くの村人を苦しめる結果となっただろう」

「でしょう？　ベリーとキノコ、野生動物を奪われたら、森で暮らす人々は生きていけないからね」

リツハルドは臨場感たっぷりに、続きを語る。

「――そんな中で、村を守護する精霊が、魔物に注意をしにいきました。しかし、魔物は言いました。人間が石を投げたから、報復しただけだ。魔物は悪くない、と。精霊はそれでも諭しました。独り占めをするのはよくないと。魔物は、説教する精霊を食べてしまいました。魔物は精霊の力を受け止めきれず、死んでしまいます――」

「報いは容赦ないな」

「でも、現実は物語以上に厳しいから」

「そうだな」

村人を恐怖に陥れた悪は滅びた。これだけでは、ただの娯楽的な物語である。この物語の終わりには、救いと教えがあった。

「――精霊は、三日後に復活しました。精霊は人に説きます。どれだけおぞましい魔物がやってきても、見た目だけで判断してはいけないと。そのしっぺ返しは、自分に降りかかる。覚えておいてほしいと訴えました。以降、村人達は魔物のようにおぞましい存在がやってきても、もてなしました。食料を独り占めする魔物が現れることはなくなりましたとさ――っていうお話が伝わっていてね」

「考えさせられる内容だな」

「だよね。大人になってから、改めて振り返ってみると、悪いのは人間だよなーって思ったよ」

「まあ、難しい問題でもある」

「本当にね」

サフィーリの村ではよそ者を歓迎しない。かといって、追い出すような真似をしたら、しっぺ返しを受けてしまう。

「結果、よそ者は無視、という人が多いのかもしれないね」

「なるほどな。それにしても、復活祭か。懐かしいな。子どものころは、楽しみにしていたような気がする」

「ジークは復活祭にどんなことをしていたの？」

「ゆで卵に色を塗って、使用人を巻き込んで卵探しをしたり、家の中を鶏の雛やウサギのぬいぐるみだらけにしたり、卵が割れないように転がす遊びをしたり、いろいろだな」

生命の誕生と再生を象徴する卵と、多産と豊作の象徴であるウサギが、復活祭のシンボルとなったようだ。

「そうなんだ。うちの村では、さっきの伝承にちなんだことをしているんだけれど」

毎年、魔物の扮装をした子ども達がやってきて、幸福の呪文を唱えてくれるらしい。その礼として、菓子を与えると。

「もうね、魔物の扮装をする子ども達が可愛くて、可愛くて」

毎年、気合いの入った魔物の恰好をしてくるらしい。子ども達は極夜の間中、復活祭の仮装を作るので忙しいのだとか。

「リツも子どもの頃は、仮装をしていたのか？」

「それはもう！　ゴブリンとか、トロールとか、いろんな魔物を作ったな。でも、子どもの作る魔物はどこか拙くてさ。迫力が足りないって、父が言い出したら、祖父がやたら気合いの入った角を作ってくれて。自分で作った仮装がよかったのに、毎年毎年大人達が手を加えてくれたんだよね。俺がもし、父親になれたら、絶対に復活祭の仮装には手出ししないって、心に誓ったんだ」

「立派な心構えだ」

「でしょう？」

あとは、復活祭に備え、菓子を作らなければならないらしい。

「毎年、リツが菓子を用意しているのか？」

「もちろん。幸せを運んでくれる子ども達の訪問は、大人の楽しみでもあるしね」

というわけで、今から復活祭の菓子作りをするらしい。

「子ども達は復活祭でお菓子を大量にもらうから、保存ができるものがいいんだよね」

「去年は何を作ったんだ？」

「乾燥果物入りのケーキだよ」

砂糖をたっぷり入れ、焼いた菓子は保存が利くらしい。逆に、クリームや生の果物を使ったものは日持ちしないのだとか。

「今年はどうしようかな。せっかく作るんだから、他の家が作らない、珍しいお菓子がいいよね。ジーク、何かアイデアはある？」

「そうだな」

保存が利く甘い物を記憶の中から探したら、一つだけ思い浮かんだ。

「ビスコッティ、はどうだろうか？　二回焼くビスケットで、日持ちする。珈琲(コーヒー)やミルクに浸して食べるとおいしい」

　ビスコッティは異国人を祖母に持つ友人からもらった菓子だった。軍人時代、演習に持って行ってくれと、何度か差し入れしてくれた。

「普通のビスケットより分厚くて、クルミや乾燥果物が入っていた」

「おいしそう。ビスコッティ、いいね」

「作り方は説明できないのだが」

「大丈夫。たぶん、普通のビスケットの生地を厚くして、二回焼く作り方で問題ないかと」

　さっそく、作ってみることにした。

「ビスコッティに入れるクルミは、蜂蜜漬けを使っちゃおう。もったいなくて、食べられなかったんだよね。子ども達のためならば、使ってもいいかな」

「乾燥果物は、ベリーにするか？」

「うん、いいかも」

　早速、作り始める。

　まず、ボウルに小麦粉、砂糖、ふくらし粉、溶かしバターを入れて材料を混ぜる。これに、卵を加えて、馴染んできたらクルミとベリーを入れた。

　生地を楕円形にまとめ、油を塗った鉄板の上に置き、三十分窯で焼く。表面に軽く焼き色がついたビスコッティはしばらく熱を冷まし、カットして再び焼く。二回目も三十分ほどで窯から取り出した。

「よし、こんなものかな。ジーク、味見してみて」

「ああ、わかった」

焼きたてアツアツのビスコッティを手に取って、パクリと頬張る。

ザクッといい音が鳴った。ベリーの甘酸っぱさと、クルミの香ばしさ、それから蜂蜜の甘さが口の中に広がった。

硬すぎず、軟らかすぎず。ほどよいビスコッティに仕上がっていた。

「リツ、おいしく焼けている。子ども達も、喜ぶだろう」

こうして、私とリツハルドはしっかり菓子の準備をしたのちに、復活祭を迎えることとなった。

復活祭当日。玄関に白樺（しらかば）の枝で作った魔法の杖（つえ）を飾っていると、子ども達が祝福をしにやってくるらしい。

器用なリツハルドは、童話に出てくる魔法使いが持っているような、先端に石のついた杖を作っていた。

「ジーク、楽しみだね」

「そうだな」

ビスコッティの準備は十分。あとは子ども達を待つばかり。

「子ども達を待つ間に、この村に伝わる復活祭のお菓子を食べようか」

「ああ」

朝から張り切って作ったらしい。今日は早起きだと思っていたら、伝統菓子を用意していたとは。

「マンミってお菓子なんだけれど、けっこう癖があるんだ。ジークの口には合わないかも」

「どんな菓子なんだ？」

「えーっとね、ライ麦に麦芽を加えて発酵させて、甘ったるい蜜と塩を混ぜて焼いたものなんだけれど。ベトベトしていて、真っ黒で、見た目は本当に不味そうなんだ。上からバニラソースをかけるんだけれど、無駄な抵抗は止めろって感じで。これが、小さいときは苦手でね。泣きながら食べていたんだ」

「そこまでなのか？」

「そう。でも、年を取るごとになんだかおいしいかも？　なんて思えて。今では、毎年食べないと春が来た気にならないくらい、好きかな」

いったいどういう菓子なのか。まったく、想像がつかない。

「無理に食べてとは言わないからさ。まあ、見るだけでも」

リツハルドが台所から持ってきたのは、チョコレートのムースに似た黒っぽい塊。そこに、バニラソースをかける。

「これ、なかなかすごいでしょう？」

「インパクトはあるな」

「ダメそうって思ったら、食べなくてもいいからね」

リツハルドはそう言って、匙で掬って食べる。

「はは。なんで、こんなお菓子、食べるんだろうね。改めて思っちゃった」

リツハルドがそこまで言うマンミとは、どんな菓子なのか。俄然興味が湧いたので、食べてみる。

「……ふむ」

一言で言えば、『独特』だ。少しビールに似た苦みと酸味の中に、甘さがあとから主張してくる。子ども時代のリツハルドが苦手だったのも、頷ける味わいだ。

「嫌いじゃない味だ」

「え、本当に？」

「嘘は言わない」

「よかったー」

リツハルドが、パーッと表情を安堵に染めながら微笑む。その様子は、春に咲く華やかなチューリップのごとく。

底抜けに明るい笑顔を見ていると、春の訪れが近いのだなと感じてしまった。

リツハルドと二人、家にある銀器磨きをしていたら、扉がドンドンと元気よく叩かれる。顔を見合わせ、微笑みながら玄関へ向かった。

　扉を開くと、ゴブリンにドラゴン、グリフォンにサラマンダーなど渾身の仮装に身を包んだ子ども達の姿があった。木の枝や枯れ葉、角、革などを使い、器用に魔物の姿を再現している。

　年頃は、下は五歳くらい、上は十歳くらいだろうか。皆、魔物の扮装をしているのに、愛らしい。

　子ども達は声を揃えて、祝福の呪文を唱えた。

「ヴィルヴォン・ヴァルヴォン――……」

　舌を噛みそうな呪文を、引っかからずに言い切る。祝福を与えるので、お菓子をちょうだいという意味らしい。

　秋に採取したらしい、ネコヤナギをもらった。祝福の杖なのだとか。代わりに、リツハルドがビスコッティを差し出す。

「わー、おいしそう！」

「おい、魔物はしゃべっちゃいけないんだぞ！」

「がおーって、言わなきゃ！」

「今日の私達は、魔物なんだから」

「そうだった！」

　なんとも微笑ましい様子を見せてくれた。

帰り際、リツハルドが「気を付けて」と言うと、元気よく「はーい」と返される。

「お菓子、ありがとうございました」

年長者がそう言って、ペコリと頭を下げた。礼儀正しい魔物である。

「あー、癒やされた」

「可愛らしい魔物だったな」

「だね。この催し、月に一回やってほしいよ。お菓子なんて、いくらでも用意するから」

「子どもと関わる機会なんて、滅多にないからな」

魔物に扮した子どもの訪問で、春を感じる。サフィーリの復活祭はなんとも心温まる、ほのぼのとした催しだった。

子ども達が去ったあとの庭をリツハルドと共に眺めていると、誰かがやってくる。

「あ、また魔物が訪問してきた？」

猫の耳の形をしたケープを被（かぶ）った少女だ。顔を上げたら、見知った顔であることに気付く。

「ん、あれは――」

「アイナだな」

ズンズンと大股でやってきたアイナは、玄関の前で止まると、白い封筒をずいっと前に差し出す。

「この手紙、領主宛。うちに届いた荷物の中に、紛れ込んでいたの」

「あ、そうだったんだ。ありがとうね」

手紙を受け取ったリツハルドは、じっとアイナを見つめる。

「何？　用件はそれだけよ」

「アイナ、祝福しに来てくれたんじゃないの？」

「は？」

「今日は復活祭だから」

「なっ、私は、そんなことをする年齢じゃないわ！」

「でも、可愛い猫妖精（ケット・シー）のケープを被っていたから」

「これは猫妖精じゃなくて、ただの猫！」

「祝福してくれたら、おいしいビスコッティをあげるのに」

リツハルドがビスコッティの入ったカゴを見せると、アイナはハッとした様子で覗（のぞ）き込む。

「呪文、知っている？」

「ヴィルヴォン・ヴァルヴォン」

「はーい、よくできました」

私がハンカチを広げると、リツハルドはビスコッティを三つ置く。

「アイナ、どうぞ」

「え、いいの？」

「ああ、持ち帰って食べてくれ。たくさん作りすぎたんだ」

「だ、だったら。ありがとう」

アイナはペコリと頭を下げて、小走りで帰って行った。

「やっぱり、ジークがいると、アイナは素直だな」

「そうなのか？」

「うん。俺からだったら、絶対ビスコッティ受け取らなかったよ。反抗期なんだろうな。お兄ちゃん、寂しいよ」

大人になったら、きっと素直に接することができるだろう。リツハルドの背中をポンと叩き、励ましておいた。


このようにして、楽しくも愉快な復活祭は過ぎていく。

×××

五月辺りから、外の世界は一変する。樹からは若芽が顔を覗かせ、大地はちらほらと緑に染まっていく。

日の出も早くなり、いつもの散歩の時間には太陽を拝めるようになった。

道ばたに、薄紫色の花を発見する。あれはクロッカスだと、リツハルドが教えてくれた。花を見かけると、とうとう春が来たんだなと実感できる。

辺境の地に嫁いできてから、初めての春である。

のんびり手仕事をするという冬とは違い、春は忙しい。

まず、観光シーズンが始まる。年に三百日は見えるというオーロラを目玉に、旅行客を呼び込んで外貨を得るのだ。

サフィーリの村では、観光シーズンで一年の収入の半分を得るという。

他に、畑を耕し麦や野菜の種を蒔(ま)いたり、冬期に修復できなかったトナカイの森の柵を直しに行ったりと、息つく暇もない。

加えて、春は禁猟シーズンとなる。野生動物の子育ての季節なので、狩りをしないという取り決めがあるらしい。禁猟は秋口まで続く。

それまで、商人が持ってくる鶏や豚、牛肉を食べたり、特別な日には、トナカイの肉を食べたりしているらしい。

ちなみに、熊だけは禁猟対象ではない。季節に関係なく自由に狩っていいようだが、リツハルドは「熊狩りは危ないのでしない。村でやっているのはテオポロンくらい」と言っていた。

観光シーズンが落ち着いたと思ったら、今度はトナカイの出産ラッシュとなる。

リツハルドは朝から、トナカイの出産のために奔走していた。トナカイは春から初夏にかけて、子どもを産むらしい。

出産が近い雌を小屋に連れ込み、数日間ソワソワしていたが、明け方産気づいて無事元気なトナカイの子どもが生まれた。

稀(まれ)に逆子で生まれ、母子共に力尽きて死んでしまうこともあるようだ。そういうときは、出産の手助けをする。他に、育児放棄して、子どもにミルクを与えない個体もいるという。人工保育に切り替え、母親の代わりにミルクを与えるときもあるらしい。

問題は出産だけではない。

やんちゃな子どもが森の柵を抜け出し、狼(おおかみ)や山猫、熊に襲われる悲劇もたびたび発生する。そうなる前に村の男衆が協力し柵に網を張り、脱出防止対策に努めている。

出産シーズンは、片時も気を抜くことができない。子どもが生まれそうだからと、リツハルド自身もトナカイ小屋に藁(わら)を敷き、眠る日もあった。

トナカイの遊牧民だったサフィーリの民にとって、トナカイは財産である。トナカイへの愛情は、相当なものだろう。自分の体よりも、トナカイを大事にしているのではと感じるくらいだ。

「リツ、今日も、トナカイの小屋で休むのか？」

「うん。朝方には戻るよ」

小屋の中とはいえ、夜は冷えるだろう。それに藁の上で眠るのでは、疲れも取れない。

少し家で仮眠をしたらどうかと言っても、リツハルドは聞く耳を持たなかった。

「ジーク、大丈夫だから」

「そうか……」

正直、独自の文化に戸惑う気持ちのほうが大きい。トナカイと共に生きてきた歴史は知っているが、自らの健康よりも重要視すべきものなのかと。

ここに来て一年も経っていない私には、到底理解できない。


今日も、リツハルドは森から雌のトナカイを連れてきた。乳の張り具合から、出産も間近であるとわかるらしい。

「ジーク、今晩は、この子に付いていているから、先に寝ていて」

「もう、生まれそうなのか？」

「うん」

リツハルドの目の下には、濃いクマができている。昨晩、別のトナカイが産気づいていたのでトナカイ小屋で一晩過ごしたのだが、結局生まれなかったのだ。

動物と違い、やはり人は布団で眠らないと疲れが取れないものなのだろう。今まで何度も見張りを交代しようかと申し出たが、断られていたのだ。

「リツ、今晩こそ、私が小屋でトナカイの様子を見ておこう」

「いや、ジークに任せることはできないよ」

リツハルドは、私がトナカイに詳しくないから任せられないと言っているわけではない。私にトナカイの番をさせるのは悪い、という遠慮があるだけだ。

リツハルドは気付いていないのだろう。気を遣われるたびに、心の距離が遠くなっていることに。

「私は、そんなに頼れない存在なのだろうか？」

「そんなことないよ。今日だって、トナカイの乳搾りを手伝ってくれたし、薬草採りにも行ってくれた。毎日、十分働いてくれている。本当に、感謝しているよ」

「でも、リツはそれ以上に働いて、独り疲れているではないか」

「俺は、大丈夫。去年は仕事が多すぎて、トナカイ小屋で力尽きて、倒れていたこともあったし。それと比べれば全然マシだよ」

「そんなに無理をしていたのか？」

「出産が重なって、あれもこれもと作業をやっているうちに、睡眠を取るのをすっかり忘れていて」

ミルポロンが発見し、テオポロンがリツハルドを救助してくれたらしい。

「去年に比べたら、きちんと眠っているし、食事も摂っているから」

トナカイのためならば、命も惜しまないのだろう。それほどに、大事な存在なのだ。

「リツ、そんな生活を続けていたら、早死にする」

「バタバタしているのは今だけだし、大丈夫だよ」

「私より先に死んだりしたら、絶対に、許さない」

「う……うん」

「トナカイの番は、せめて一日置きにしてくれ。でないと、体が休まらないだろう。私を頼ってくれ。そのほうが嬉しい。逆に気を遣われると、私は不必要な存在なのかと思ってしまう」

「え、そんなことないのに」

「わかっているが、心の奥底では、落胆していた」

「そうだったんだ」

「リツが独りで頑張っていると、私は胸が苦しくなる」

「ジーク、ありがとう」

決死の訴えが功を奏して、トナカイ小屋の番を任された。

かなり獣臭く、トナカイが鳴き声をあげるたびに目を覚ます。春とはいえ、夜はけっこう冷える。とても、ゆっくり眠れるような環境ではない。けれど、リツハルドが私にトナカイを任せてくれたことは、心から嬉しく思った。

朝方、日の出よりも早い時間にリツハルドがひょっこり顔を覗かせる。

「ん……リツ、か」

「あ、起こしちゃった？」

「いや、起きていた。先ほどから、頻繁に鳴き声をあげていたから」

「うん、陣痛かなって思って。もうそろそろ、生まれるかもしれない」

リツハルドは私に、アツアツの紅茶を持ってきてくれた。飲むと、体の芯から温まる。

「おいしい。ホッとする味わいだ」

「よかった。ジークが珈琲を朝から持ってきてくれていたでしょう？　あれが本当に嬉しかったから、同じことをしたいなと思って」

「そうだったのだな。ありがとう、リツ」

「いえいえ」

紅茶を飲み干したのと同時に、トナカイがいつもと違う鳴き方を始める。どうやら、破水したようだ。粘度のある液体がしたたり落ちる。手足をばたつかせ、苦しげにもがいていた。しばらく息んでいるようだが、子どもは生まれない。リツハルドは震える声で呟く。

「もしかしたら、逆子かもしれない」

通常、子どもは頭のほうから生まれる。しかし、なんらかの理由で方向が逆転し、足から出てくることがあるのだ。足からだと、首が産道に引っかかって危険な状態と化す。

しばらく見守っていたが、生まれる気配はまったくない。このままでは、子どもの命が危ない。

リツハルドは指先から腕にかけて消毒液をすり込む。

「ジーク、トナカイを押さえていて。今から、子どもを引っ張るから」

まだ、トナカイの子どもは足先すら見せていない。いったいどうやって引っ張るというのか。

説明を求めている場合ではないだろう。すぐに、トナカイの体を押さえる。

あろうことか、リツハルドはトナカイの産道に手を突っ込んだ。トナカイは、ひときわ苦しげな声をあげる。

「頑張れ、頑張れ！　大丈夫だから！」

トナカイを励ましつつ、リツハルドはぐ、ぐっと腕を引くと、血と羊膜をまとわりつかせた手が、トナカイの子どもの後ろ足をしっかり掴んでいた。そして、一気に引き抜く。羊膜に包まれた子どもが、生まれてきた。息ができるよう、すぐに膜を剝ぎ、藁をこすりつけて体をきれいにする。子どもは元気よく鳴いた。母親も、舐めにいく。母子共に、健康状態は良好のようだ。

子どもは生まれたばかりにもかかわらず、ヨロヨロしながらも立ち上がった。母親の乳を飲み始める。ここでやっと、安堵できた。

「よかった……！」

リツハルドが心底ホッとし、嬉しそうな笑みを浮かべる様子を見ていたら、なんだか泣けてきた。静かに、一筋の涙が零れる。

薄暗くてよかった。リツハルドに涙を見られるなんて、恥ずかしいから。日の出前に出産してくれたトナカイに、心から感謝する。

それにしても、生命の誕生は尊い。寝る間を惜しんで、見守りたいと思う輝きがそこにはあった。

今日、こうしてトナカイの出産を経て、私はようやくリツハルドのトナカイに対する想いに気付くことができた。

彼にとって、トナカイは『宝物』なのだろう。

ただの財産ではない。トナカイは、生きている。預かった命を、人生をかけて大切にしているのだ。

朝食を食べに一度家に戻ろうか。そんな話を始めた瞬間、昨日リツハルドが連れてきたもう一頭のトナカイの出産が始まった。

今度は無事、頭のほうから生まれる。母トナカイが子どもの羊膜を舐め、せっせと剝がしていた。


「ジーク、お疲れ様。疲れたでしょう？」

「まあでも、演習の野営訓練よりは楽だった」

寒空の下、テントもなく一晩明かしたり、大雨の中、水漏れするテントで夜を過ごしたり。演習の記憶はいくら遡っても、よかったものなど何一つ思い浮かばない。

「ああ、そっか。ジークは演習の経験があったんだった。早くお願いしておけばよかったよ！」

リツハルドの物言いに、笑ってしまう。彼は私を普通の貴族令嬢と同様に扱うときがある。その辺の娘より頑丈だと主張しているのに、雑な扱いをすることはない。

それが、リツハルドのいいところであるのかもしれないけれど。

「本当に、無茶はしないでくれ」

「大丈夫、大丈夫。こんなの、滅多にあることじゃないから」

リツハルドは微笑みながら話していたが、絶対に自らの発言を忘れて無理無茶無謀をするであろう。しっかり、目を光らせて監視しなければ。

働き過ぎて困るという人に、生まれて初めて出会った。

×××

雪が完全に解け、すっかり春の色に染まった森をリツハルドと二人で進んでいく。

今日は薬草採取にやってきた。目的は、虫除け(むしよ)効果があるもの。

「これから暖かくなるにつれて、虫が増えるからね」

つい一ヶ月前、銀世界だったときには虫の気配などなかった。だが、春から夏に移り変わるにつれて、森は虫だらけになるという。

「ここは蜜蜂が生息する、最北端だとも言われているんだ」

「まさか、蜜蜂は冬眠して冬を越しているのか？」

「そうみたい。一カ所に集まって、温め合うんだってさ」

リツハルドの父親から聞いた情報らしい。

「大雪の中、蜜蜂の様子が気になるって言い出したとき、亡くなった祖父が父さんを縄で拘束して、身動きが取れないようにした話は、呆れを通り越して尊敬すら抱いてしまったよ」

自分の身を振り返らず、何かに一生懸命打ち込む姿は、リツハルドにも繋がることがある。似たもの親子だったわけだ。

「ジーク、今、笑った！　父さんの話、そんなに面白かった？」

「いや、まあ、そうだな」

リツハルドは父親を『変わり者』と評している。似ている部分があると言ったら、衝撃を受けるかもしれない。

「もうちょっと、父さんの話をしようかな」

リツハルドは父親について、語り始める。

「基本、困った人なんだよね。人嫌いだし、引きこもりだし、妙なこだわりを声高に主張するし」

大きな声で話す理由は、熊避けの意味合いが強い。今、熊は子育て中である。もしも熊の親子に遭遇したら、母熊は子を守るために人に牙を剝くだろう。

幸いというべきか、熊は臆病だ。人が存在感を示していたら、寄ってくることはない。

ただ、空腹状態や手負いの状態など、イレギュラーな状況では熊のほうから襲ってくる場合もあるという。

薬草採取にばかり集中していたら、危険なのだ。

「あ、ジーク、薬草あったよ」

リツハルドが摘んで見せてくれたのは、『タイム』だ。蒸留させ、精油にしたあと虫除けに加工するらしい。

「そのまま肌に擦り付けても効果があるんだ」

薬草独自の匂いを、虫は嫌うようだ。

「虫除けとしてもっとも有名なのはミントだけれど、ミントは家の裏庭に自生しているから」

裏庭にある野草のほとんどはミントらしい。一度リツハルドの父親が植えたら、驚くべき速さで生え広がってしまったのだとか。リツハルドは遠い目をしながら話す。ミントの繁殖力はとんでもないものらしい。虫除け効果があるからと、軽い気持ちで植えてはいけないと呟いていた。

「これも、防虫効果があるよ」

続いてリツハルドが摘んだのは、『レモンバーム』。柑橘系の爽やかな匂いが、虫を遠ざけてくれる。他にも、リツハルドは防虫効果がある薬草を、どんどん摘んでいた。

森の奥地へ進み、白い花が多く咲き乱れる花畑に到着した。

「これは、きれいだな」

「でしょう？　除虫草って呼ばれているんだ」

「この可愛らしい花が、除虫草？」

「そう。神経麻痺を起こさせて、虫を殺してしまうんだって」

見た目は、マーガレットに似ている。この花に、そんな効果があるなんて驚きだ。

効果は虫と水産動物にのみ発揮されるので、安全性が高いようだ。もちろん人にも無害だが、たまに肌が荒れる人もいるという。そのため、除虫草を摘むときは、手袋を嵌めたほうがいいようだ。

アリ、クモ、ムカデなど、人に害を与える虫が嫌う除虫効果を持っているらしい。

「アリとか、噛まれたら地味に痛いからね」

採取の途中、服や靴の中に入り、噛まれることもあったようだ。

「除虫草で作ったお香を焚いていたら、虫が近づかないんだよ」

専用の缶にお香を入れて、火を点ける。ベルトに吊り下げた状態で、夏の森に挑むのだとか。

「防虫効果があるのは、花の部分なんだ。摘むのは花だけでいいよ」

「わかった」

以降、無言で除虫草の花を摘んでいく。カゴがいっぱいになったら、昼食を兼ねた休憩時間となった。

リツハルドは敷物を広げ、家から持参した食事を並べていく。

「ジーク、昼食はシンプルなものしかないんだけれど」

「ああ、構わない」

鞄（かばん）の中から取り出されたのは、パンにチーズ、野菜のオイル漬け、鶏肉のハム、それから、瓶に入った白い物体。蓋を開いてみたら、甘い匂いが漂う。

「リツ、これはなんなのだ？」

「ミルクジャム、っていったらわかりやすいかな？」

トナカイの乳に砂糖を入れ、煮詰めたものらしい。

「コンデンスミルクとか、練乳とも呼ばれているんだ。トナカイの乳で作ったミルクジャムは絶品だよ。甘い物が苦手じゃなかったら、だけれど」

リツハルドは昨日（きのう）、忙しい合間を縫ってミルクジャムを作ったらしい。さっそく、いただくことにした。

ほんのり黄色みがかっていて、匙で掬うと粘度がある。パンに塗って食べてみたが、優しい甘さと濃厚なトナカイの乳の風味が口いっぱいに広がった。

「これは、おいしい」

「でしょう？　毎年作っているんだけれど、おいしすぎて、冬まで保（も）たないんだよねえ」

紅茶に入れたり、クッキーに混ぜて焼いたり。意外な活用法として、ミルクスープにほんのちょっと垂らすとコクが出ることも教えてくれた。

「疲れているときなんかは、何も付けずに舐めちゃうんだ」

「リツは甘い物が好きなんだな」

「うん、好き。昔は砂糖が貴重で、今ほど流通していなかったんだけれど――」

その昔、サフィーリの民は砂糖の原料であるサトウキビ栽培にも挑戦したが、一年を通して寒い辺境の地では上手(うま)く育たなかったらしい。

「祖父が奔走して、なんとか砂糖を流通させることに成功したんだ。おかげで、今は砂糖が使い放題――とまではいかないけれど、生活に困らない程度に使うことができるんだよね」

「なるほどな」

ミルクジャムを塗ったパンを食べ、甘くなった口を鶏肉のハムで緩和させる。塩っけの強い食べ物を間に挟むと、永遠に食べ続けられるような気がしてきた。

食事を終えると、森のさらに深い場所を目指すらしい。

「ジーク、疲れていない？」

「平気だ。何を採りに行くんだ？」

「ヤマブドウの蔓(つる)。その辺にある木々と違って、森の深い場所に自生しているんだ」

歩きながら、ヤマブドウについての話を聞く。

「ヤマブドウはね、秋になると小さな粒の生(な)る果樹なんだけれど、蔓も利用価値があるんだ。ヤマブドウの蔓で作ったカゴは頑丈で、百年でも二百年でも使えると言われていてね」

「そんなに強いのだな」

「うん。蔓自体も、使えば使うほど、きれいな艶もでてくる。市場での人気も高いんだよ」

森の奥地に自生し加工も手間がかかることから、高値が付くらしい。

「でも、森の奥に行けば行くほど、野生動物に出会う確率もぐっと上がる」

「わかった。なるべく、野生動物を刺激しないよう努めよう」

そう返事をすると、リツハルドはふんわりと微笑んだ。

「どうかしたのか？」

「いや、ジークくらいしか、ヤマブドウの蔓採りなんて付き合ってくれないよねって思ったら、嬉しくなって。ありがとうね」

続けて、リツハルドは惚気(のろけ)るように言う。

「やっぱり、俺の直感は正しかったんだな」

「直感？」

「そう。夜会の晩、ジークと目が合った瞬間、あの人だ！　って強く思ったんだよね。こんなこと、初めてで。あのときは恥ずかしくて言えなかったけれど、一目惚れ(ひとめぼ)だったんだろうな」

「リツ……それは今でも、恥ずかしくないのか？」

「うん。言い終わったあと、今も恥ずかしいかもって思った」

私が指摘したせいで、リツハルドの頬は薄紅色に染まっていく。肌が白いので、赤面すると非常にわかりやすい。

「猟をしていると、野生動物と目が合うことがあるんだ。瞬時に、あれは狩れないとか、逃がしたほうがいいとか、撃ったら自分も無事ではいられないとか、直感で判断する瞬間があるんだけれど。ジークと邂逅したとき、それに近い何かが、ハッと閃いたんだよね」

「猟師の勘で、私が狩れると判断したと？」

「いいや、とんでもない。ジークは今まで出会った中で、一番の大物だった。とても狩れるとは思わなかったよ」

「それなのに、よく求婚してきたな」

「ジーク、男には、勝てないとわかっていても、挑みたい勝負があるんだよ」

「気持ちはわからなくもない」

「さすが、ジークリンデさんだ」

リツハルドは人差し指と親指を立てて銃のように構え、指先を私に向ける。片目をパチンと瞑った瞬間、その場に膝を突きそうになった。

「ダメか。やっぱり、ジークは大物だ。勝てるとは思わないな」

そんなことはない。今の一撃は、けっこう効いた。

今になって気付く。私はもうとっくに、目の前の猟師に狩られている状態であるのだと。

これまで妙に意識はせず、ごくごく普通に暮らしてきた。リツハルドとの生活は、長年そうであったかのような自然体であったのだ。

　これまで意識せず生活を続けられていたのは、リツハルドの手腕なのか。

　彼ほど穏やかで、他人想いで、私と、私の生き方を大事にしてくれる男性はいない。

　私は、リツハルドが好きなのだろう。

　春から夏になり、秋が過ぎ去ったら、私達の一年間の仮の夫婦生活が終わる。

　リツハルドがどういう選択をするかはわからないが、この先もずっと、彼の傍に居続けたい。

　夫婦という形ではなくても、ランゴ家のように暮らしを支えることはできるだろう。

「ねえ、ジークもやってみて」

　リツハルドは指先で銃の形を作る。それで、リツハルドを撃てと言っているのか。

　意味があるとは思えないが、遊びに付き合ってあげるのも妻の役目だろう。

　人差し指と親指を立て、リツハルドに向かってまっすぐ構える。

　銃声はドンかバンか、考えている一瞬のうちにリツハルドは膝から頽れた。

「リツ、どうした!?」

「待って、ジークの銃を構えた恰好、最高にかっこいい！」

　リツハルドは胸を押さえ、地面に転がってしまった。

「はあ、正面から見たことなかったから、びっくりした。元軍人の奥さん最高……！」

　意味のわからない発言は、聞かなかったふりをしておこう。

ヤマブドウの蔓を求めて、森の中を歩いていく。道なき道を進むのだが、リツハルドが足下の草花を避け、行く手を阻む蔓や枝は鉈で払ってくれるので歩きやすい。

「ジーク、もう少し速く進んでもいい？」

「ああ、構わない」

「ごめんね。なんか、雨が降りそうで」

木々の隙間から覗く空は晴れ渡っている。雨雲も見えないが、リツハルドは雨が降る気配を感じ取ったようだ。

一時間ほど歩いた先に、ヤマブドウの蔓を発見した。野生動物に遭うことはなかったので、ホッとする。

しかし問題は、ヤマブドウの蔓がある場所だ。急斜面に生えた太い樹に、絡んでいたのだ。

リツハルドは腰に縄を巻き、もう片方を丈夫そうな樹の幹に巻き付けしっかり縛っていた。私も同じように、しっかり縄を巻き付ける。

ゆっくり、ゆっくりと斜面を下っていった。

「ジーク、これがヤマブドウの蔓なんだよ」

蔓と言っても、通常見かけるような細いものではない。腕くらいの太さがあり、他の樹に絡まっているのだ。

「リツ、この太い蔓で、カゴを編むのか？」

「うん。蔓の表皮だけ剝いで、持ち帰るんだ」

「ああ、なるほど。そういうことか」

まずは鉈でどんどん蔓を伐る。背負ったカゴに入れ、上まで運んで行くのを何度か繰り返した。

切れ目から、水が滴り落ちる。かなりの水分量だ。

「リツ、これは？」

「雨水だよ。これがないと、皮が剝げないんだ」

もしも森で遭難して、喉が渇いたらヤマブドウの中にある水を飲めと祖父から教わっていたらしい。

一つ、勉強になった。

満足いく量が採れたら、この場で蔓の皮剝きを開始する。

「本当は蔓ごと持って帰りたいんだけれど、蔓の皮だけでも結構重いから」

「そうだな」

伐った蔓は野生動物が巣作りに使うので、問題ないとのこと。

リツハルドは皮の剝き方を教えてくれる。

「まずは、表面の鬼皮を剝いで、その下にある外皮と内皮を剝いで持ち帰るんだ」

ヤマブドウの蔓は、層になっているらしい。鬼皮と内皮では、手触りがまるで違った。鬼皮は凹凸があって、下手したら手を切りそうだ。内皮はすべすべしていて、手触りがいい。

「ヤマブドウの皮は採取できるまで、十年から二十年ほどかかると言われているんだ。だから、毎年採りに行くわけじゃないんだよ」

「そんなに年月がかかるんだな」

蔓の状態を見極めるのも、大事なのだという。若い蔓だと、上手く剝げないようだ。

「じゃあ、始めようか」

「ああ」

私が鬼皮を剝ぎ、リツハルドが外皮と内皮を丁寧に剝ぐ。流れ作業で、どんどん蔓の皮を剝いでいった。

一時間後、蔓をまとめてカゴに入れ、来た道を帰る。

空にはいつのまにか、黒い雲が広がっていた。

「今にも雨が降りそうだな」

「ジーク、急ごう」

「ああ」

小走りで森の中を進み、村の城塞が見えてきたところで、雨がポツポツと降り注ぐ。

「わー、降ってきた！」

「走るぞ」

リツハルドの天気予報は的中した。村に入るころには、すっかりびしょ濡れである。

帰宅すると、煙突からもくもくと煙が上がっていた。

出迎えたルルポロンが、風呂のほうを指さす。どうやら、濡れて帰ってくることを想定し、風呂を沸かしてくれていたようだ。ありがたい。

「ジーク、先に入って」

「いや、リツが先に」

「いいから、いいから」

お言葉に甘えて、先に入らせていただく。熱い湯が、疲れた体に染み入るようだった。

風呂から上がり居間を覗くと、リツハルドは採ったばかりのヤマブドウの蔓を小分けにして縛っていた。

「リツ、風呂、ありがとう」

「いえいえ。温まった？」

「ああ」

「春とはいえ、まだまだ寒いからね」

「リツも早く入ったほうがいい」

「うん、そうだね」

作業を交代する。採取したヤマブドウの蔓は十日間ほど乾燥させるらしい。その後、水に数時間浸け、丁寧になめす。次にアイロンを押し当てて蔓を伸ばし、平滑させる。

それらの下準備をしたのちに、やっと編み始めるようだ。

編み目が美しく、蔓の状態がいい物は金貨一枚ほどで買い取ってもらえるらしい。丈夫で生涯にわたって使えることから、人気が高いのだという。

雨の勢いは弱まったようだ。さらさらという、静かな雨の音が耳に心地よい。

リツハルドが風呂から上がってきたが何も喋らず、二人で雨音を楽しみながら、採取した薬草を縛る作業を続けていた。

この空気感が、たまらなく好きだ。軍人時代には味わえなかった、贅沢な時間である。

ここにやって来てよかったと、心から思った日の話である。


十日間乾燥させたヤマブドウの蔓を加工し、編める状態にまで仕上げた。

リツハルドは器用な手つきで、一本一本蔓を丁寧に編んでいく。その様子はどれだけ眺めていても飽きない。まるで、魔法のようだった。

リツハルドの瞳は、ただ一点、ヤマブドウの蔓に向けられる。長い睫が、影を落としていた。その姿は、ただただ美しい。働く姿がここまで美しい男など、どこを探してもリツハルドしかいないだろう。

しばらく、リツハルドの姿に見蕩れていた。

採取からカゴの完成まで約一ヶ月。リツハルドは三つのカゴを完成させた。

商人は仕上がりを絶賛し、金貨四枚で買い取ってくれた。リツハルドの頑張りが報われた瞬間である。

「リツ、やったな」

「うん。こんなに高く買ってもらえるなんて、今までなかったから、本当に嬉しい」

珍しく、リツハルドははしゃいでいた。それほど、嬉しかったのだろう。

「ジークのおかげだよ」

「大げさだな」

「そんなことないって。森の奥地まで一緒に行って、大量の蔓を持ち帰ってくれたでしょう？なめしも、俺よりジークのほうがうまかった。おかげで、きれいなカゴが仕上がったんだ」

今までの人生の中で、過程を評価されることはなかった。リツハルドに褒められ、照れくさくなってしまう。

「あ、そうだ。ジークに贈り物を作っていたんだった」

リツハルドはポケットの中から、四角い箱を取り出した。それは、ヤマブドウの蔓を編んで作った物である。

「これは――」

「半端な長さの蔓で作ってみたんだ」

「いいな。なんだか、可愛らしい」

受け取ると、箱の中からカラカラと音がする。何か入っているのだろうか。開封したら、鷲の横顔を彫ったブローチが収められていた。

「もしや、これもリツの手作りなのか？」

「うん。ジークをイメージして、作ったんだ」

「そうだったのか」

美しい鷲の横顔で、瞳は宝石の粒がはめ込まれていた。

「これは、ダイヤモンドではないか？」

「あ、わかっちゃった？」

「何か、宝飾類をバラしてはめ込んだのか？」

「小さいときに、リューネブルク侯爵家のお祖父様から貰った服についていたダイヤモンドなんだ。もう着られないのに、ダイヤモンドの粒があしらわれていたから、いつか何かに使おうと思って取っておいたんだけれど。鷲の目にぴったりだなって」

「そうだったのだな」

窓から差し込む太陽にかざすと、鷲の目はギラリと光った。

「ダイヤモンドの瞳は眼力がある」

「でしょう？　ダイヤモンドは、ジークの瞳そっくりだと思って」

「私の目は灰色だろう？　このように、輝いていない」

「輝いているよ、いつも」

　リツハルドは基本、普段、遠慮しているような一歩距離を置いた態度でいる。だが、たまにこうやって、大胆な発言をするのだ。

「俺さ、初めて会った日、ジークの目がすっごくきれいで、感激したんだ。でも、別れたあと、シャンデリアの光に照らされていたからきれいに見えたのかなって思って。けれど、後日会ったときも、二ヶ月後に港で会ったときも、今も、ジークの目はきれいなんだ。なんて言えばいいのかな。ジークの瞳は、生き方がそのまま輝きになっている気がして」

「よく、そんな言葉がするすると出てくるものだな」

「うん、自分でも驚いた」

　たしかに、同じ色彩を持つ瞳でも、人によって見え方が違う。自らの信念を貫き、目指す道をまっすぐ突き進んで生きる者はおのずと瞳も美しかった。

「単純に、見た目がきれいなだけの話ならば、こんなことは言わないよ。だって、外見は持って生まれてくるものだから」

「わかったから」

　これ以上褒められたら、どうにかなってしまう。リツハルドの豊富な語彙力を賞賛し、感謝の気持ちを述べた。

「しかし、私はリツからいろいろと貰ってばかりだな。何も、返すものがないのだが」

「あるよ」

リツハルドはそう言って、自分の頬を指さす。

「もしかして、頬にキスしろと?」

「大当たり!」

「手の込んだブローチとキスなんて、価値が違いすぎるだろうが」

「ジークのキスを貰えるならば、木彫りの熊百体作ってもいいくらいなんだけれど」

「対価がおかしいだろう」

「おかしくない」

割に合わない取引だが、以前、リツハルドの祖父であるリューネブルク侯爵がやってきたとき、私達が本当の夫婦ではないとバレてしまったことを思い出す。

普段から、キスの一つや二つくらいやっておかないと、周囲の人達から不審がられてしまう。自然な夫婦を演じるため、ここは素直にキスをしたほうがいい。腹をくくり、リツハルドの提案を受ける。

「わかった。頬にキスするだけでいいんだな?」

「え、いいの!?」

「リツが提案したのだろう」

「そうだけれど。まさか受けてもらえるとは思っていなかったから。いやー、ダメもとで言ってみるもんだなー」

　リツハルドは嬉しそうにステップを踏み、リューネブルク侯爵からもらった長椅子の真ん中に腰掛ける。目を閉じ、キスされるのをジッと待っていた。

　ため息を一つ落とし、長椅子に腰を下ろす。家族以外で自分からキスをするのは、初めてだ。妙に、緊張する。どこに手を置けばいいのかも、わからない。

　リツハルドは私にキスをするときどうしていたのか。考えたら、恥ずかしい記憶まで甦(よみがえ)る。

　あれは、観光シーズンの真っ只中で、リツハルドが明らかに疲れている日のことだった。少しでも休ませようと路地裏に連れ込み、チョコレートを食べさせた。無理をするなと忠告し、もう働かなくてもいいから休めと言おうとした瞬間、リツハルドにキスされたのだ。

　羞恥がこみ上げ、言葉も何も出てこなくなったのは、あのときくらいだろう。色恋沙汰とは、まったく無縁の生活を送っていたから。

「ジーク、まだ？」

「ああ、すまない」

　うっかり、長い間物思いに耽(ふけ)っていたようだ。

　こうなったら、覚悟を決めないといけない。リツハルドの肩に手をかけ、そっと頬に唇を寄せた。

驚いたのは、リツハルドの肌のきめ細かさ。赤子のような、すべすべとした触感だった。

リツハルドは男ではなく、本物の妖精なのかもしれない。そんな考えが浮かんだ瞬間、リツハルドの体が傾く。

「は～～!!」

「なっ！」

体重をリツハルドに預けていたので、一緒になって倒れてしまう。奇しくも、リツハルドを押し倒すような体勢となる。

「あっ、そんな、ジークリンデ」

「何がそんな、なんだ？」

「まさか、ジークのほうから押し倒してくるなんて」

「リツの体が傾いたから、一緒に倒れただけだ」

これは事故であると主張する。起き上がりたかったが、リツハルドの腕が腰に回されたので、身動きが取れない。

本気を出したら振り払えるのに、不思議と体が動かないのだ。

「俺、ずっとジークとこうしたかったんだ」

「リツ……」

「ごめん。こんなこと言っても、ジークは困るだけだよね」

そう呟き、リツハルドは放してくれた。が、自由になったのに、私の体は依然として動かない。リツハルドに密着したまま、刻々と時間だけが過ぎていく。

「ジーク」

リツハルドの手が、優しく私の頬を撫でる。

目と目が交わった瞬間、ぞくりと肌が粟立つ。優しく私に触れるのに、青い目は獣のようだった。

瞬時に、リツハルドが何を望んでいるのか察する。

このまま身を任せよう。そう思った瞬間、リツハルドが急に起き上がる。私の体を長椅子の背にもたれかからせると、素早い動きで立ち上がった。今まで見たことがないほど顔を真っ赤にさせながら、頭を抱えて叫ぶ。

「あ、危なかった!!」

「何が、危なかった?」

「ごめん、ジーク。俺、ちょっと頭を冷やしてくる！」

リツハルドは居間を飛び出し、独り部屋に取り残される。

しばし時間が経ち、私も冷静になってきた。危なかったというのは、私に手を出しそうになった、という意味だろう。

今まで男性とそういう雰囲気になることもなく、許してもいいと思える相手との出会いもなかった。

貴族令嬢の多くがそうであるように、結婚後にするものだと思っていた。

ただ、私は十代の初心（うぶ）な娘ではなく、三十一だ。何も知らないわけではないし、もったいぶるような年頃でもない。

まあ、なんというか、ここに来る前はそういうことも含めてお試し期間だと考えていた。男女が一つ屋根の下で暮らしているのだ。ごくごく自然なことだろう。

しかし、リツハルドは違った。明らかな好意を私に向けつつも、情欲を向けることは一度もなかった。先ほどまでは。

時機を見計らっているのかと思っていたが、そうでもない。先ほどの態度から推測するとしたら、本当の夫婦になるまで手を出さないつもりなのだろう。

私との信頼関係が崩れると思ったのか。

今日まで、リツハルドと信頼関係を築き、本当の夫婦のように過ごしてきた。

大雪が降った日も、嵐のような強風が吹いた日も、村人達に辛（つら）く当たられた日だって、リツハルドは穏やかな様子で居続けた。

そんな彼に好意を抱くようになったのは、いつからだったか。覚えていない。

身を任せてもいいと思うほど、気を許していたつもりだが、リツハルドには伝わっていなかったようだ。

まさか仮の夫婦の契約が、私とリツハルドの間に壁となって立ちはだかるとは夢にも思っていなかった。

話を持ちかけた当時の私は、他人の妻となることに自信を持てなかったのだから仕方がない。

今の関係を続けたい気持ちもわかる。驚くほど、私とリツハルドの価値観は一致していた。

ただそれは、相手が他人であるからなのだろう。私達は大人だ。ある程度、意見をすりあわせることも、生活のリズムを合わせることもできる。

本当の夫婦になったら、甘えからそれが壊れる可能性だってあるのだ。

リツハルドがこのままの関係を続けたいというのならば、私は合わせるまで。

できることは、戻ってきたリツハルドに対し何事もなかったかのようにふるまうことだけだ。

十五分後、珈琲を淹れていたら、リツハルドが気まずげな様子で戻ってくる。そんな彼に、ある提案をしてみた。

「リツ、珈琲にトナカイのミルクジャムを入れたら、おいしいと思わないか？」

リツハルドは目をパチパチと瞬かせたのちに答えた。

「うん、思う！　とってもおいしそうだね」

いつも通り、二人で珈琲を楽しんだ。

雲一つない青空がどこまでも広がっている。気持ちの良い春の晴天だ。

今日は除虫香を作る。以前摘んできた除虫草の花がきれいに乾燥したようだ。

「よし、じゃあ始めようか」

「ああ」

まず、乳鉢に除虫草の花を入れ、粉末になるまですり潰す。

「これがね、けっこう力仕事、なんだ」

そう言いながら、二十分ほどかけて粉々にしていく。なかなかの重労働だった。

「続いての材料はこちら」

リツハルドが取り出したのは、茶色い粉末である。

「これはね、粘度があるタブ樹の枝葉を粉末にしたものなんだ。これに除虫草の花の粉末と熱湯を入れて、よく練る」

混ぜていくうちに、粉がまとまってくる。除虫草の花とタブの繊維が絡み合って、このようになるらしい。昔の人は、除虫香を『織香（せんこう）』と呼んでいたようだ。繊維がまとまったお香という意味だという。

材料がきれいに混ざったら、円錐（えんすい）状の型に入れて形を整える。せっせと作ること三時間ほど。

百本近い除虫香が完成した。

「これだけあったら、夏の虫除け対策は完璧かな」

「勉強になった」

「よかったー。もしも足りなくなったら、土産屋さんで買おうか」

「土産屋は本当になんでもあるんだな」

「今年から、アイナ手作りの除虫香が売り出されるようになったんだ。良い匂いがするらしくて、奥様方に人気なんだって」

　どうやら、花の精油を練り込んでいるのでかぐわしい匂いが堪能できるらしい。

「除虫香の作り方は俺が教えてあげたのに、今はアイナのほうが上手く作っているんだ」

「アイナは器用だからな。土産屋のおかみも、彼女が持ってきた刺繍の品は人気だって言っていたよ」

「そうなんだ。俺が作る物で食いつきがいいのは、手がかかる小熊の置物くらいで。あれは手が痛くなるから、量産できないんだよなー。いやーなんていうか、女性らしい視点からの商売って、すばらしいよね」

「そうだな。村の女性陣の創意工夫には尊敬の念を抱かずにはいられない」

「いつか、手仕事市みたいなのできたらいいよね。独自の品物を売って、外からも人が来てくれるような催しにしたいな」

雑貨だけでなく、軽食を売ってもいいだろう。

「あー、なんか、考えていたら楽しくなってきた。土産屋のおかみさんに相談して、開催できるか検討してみるよ」

ああでもない、こうでもないと、村初めての催しについて考える。

静かに過ごすことが多かった冬とは違い、春はみんなが活き活きとして活動的になる。

季節の移り変わりを、見て、聞いて、嗅いで、触れて、味わって。

五感すべてを使い、感じ取る。

そんな大自然に抱かれるような暮らしを、私は心から気に入っていた。

リツハルドの新婚記録帳　その二

雪が解けて――春へと移り変わる。

冬の間はひたすら、ジークがここでの暮らしが嫌にならないかハラハラしていた。

さすがは軍人と言えばいいのか。彼女は雪深い季節に嫌悪感を抱くことはなかった。

春になり、ようやく村は緑を取り戻す。

畑を耕して種を蒔き、トナカイの柵を修繕し、観光シーズンのピークを迎えたかと思えば、トナカイの出産が次々始まる。

息つく暇もないほど忙しかった。

貴族とは名ばかりで、ここでの暮らしは村人と変わらない。伯爵というより、村長のほうが近いだろう。

リューネブルク侯爵である祖父の家に滞在すると、「これが貴族の暮らしか」なんてしみじみ感じていた。

朝から使用人に起こされ、優雅に紅茶を飲み、着替えはもちろん、ひげ剃りもしてくれる。

食事時のカトラリー以外で、重たい物を持つことはない生活を送っているのだ。

ジークも歴史ある名家の生まれで、蝶よ花よと育てられたに違いない。

それなのに、俺が妻にと望んだせいで、忙しい日々を過ごさせている。どうにかならないものかと頭を抱えたが、残念ながら辺境の村では身を粉にして働かないと暮らしていけないのだ。

リューネブルク侯爵家の祖父に泣きついたら、きっと生活費を工面してくれるだろう。

けれど、それはしたくない。迷惑をかけたくなかったし、他人のお金で家族を養うのは道理に反している気がしてできなかった。

そんなわけで、依然としてバタバタする日々を過ごしていた。

ジークと暮らす冬は、最高だった。彼女が家にいるだけで、気分も華やぐ。

春もきっと楽しいはず。そう思っていたが、予想していた以上だった。

小さな花を発見し、ジークと二人でしゃがみ込んで眺める。幸せを感じる瞬間だ。今まで、きれいな花を見つけても、分かち合える人なんていなかったから。

些細（ささい）な発見を一緒に喜んでくれるジークという存在が、愛おしい。


トナカイの出産がピークとなる。安全に子どもを産んでもらうため、小屋に連れ込みいつ出産してもいいように見守っていた。夜は、小屋の中で過ごす。藁（わら）まみれになる上に、獣臭さが充満しているので、いい環境とは言えない。けれど、大事なトナカイの出産を手助けするために、毎日せっせと藁を入れ替え、栄養豊富な餌を食べさせて応援していた。

そんな中で、ジークより苦言を受ける。このままでは、体によくないと。一晩トナカイの番を交代するから、家で眠ってほしいと言われた。

ジークを小屋で寝させるわけにはいかない。去年も、こうやって独りでトナカイの出産を見守ってきたのだ。大丈夫だと言っておく。

ジークは悲しそうな表情で去って行った。胸がズキンと痛んだが、引き留めることはしなかった。

一週間ほど小屋で夜を明かすことを繰り返していただろうか。そろそろ、体も限界であった。

あと少しで、出産シーズンのピークは終わる。もうひと頑張りだ。

そう考えていたら、突然ジークに怒られてしまった。このような無理をしていたら、早死にすると。

ジークは潤んだ目で訴える。「私より先に死んだりしたら、絶対に、許さない」と。

ずっと傍(そば)にいてくれるような言葉に、胸がドキンと高鳴った。心に、深く響く。

それから彼女は言った。頼られないほうが、落胆してしまうと。

ジークへの遠慮が、まさか彼女をガッカリさせていたなんて思いもせず。こうやって、言葉にしないと気持ちは伝わらないのだろう。

結局、ジークに甘え、一晩だけトナカイ番を交代してもらった。久々に布団の上でぐっすり朝まで眠り、翌日から元気に活動できた。

ジークの存在は偉大だと、ひしひし思う。

森へ分け入り、夏の害虫対策用の薬草を集める。ジークは虫が平気のようだ。なんとも頼もしい。演習時も、特に虫対策なんてしていなかったのだとか。

冬の間はまったく見かけないのに、夏になったら蚊やブヨ、クモにアリと、大量に発生する。できるならば、虫とコンニチハしたくない。そのため、全力で対策を打つ。

中でも強力なのは、除虫草から作った除虫香だろう。外での作業中に焚いていたら、虫に出会うことはほぼない。

除虫草については父が教えてくれた。母があまりにも虫が多いと怒っていたので、森に探しに行ってくれたのだとか。

普段、ものぐさで面倒くさがり、引きこもりがちの父だが、母が絡むと素早く動く。

父が村にイヤイヤ残ったのも、母がいたからなのだろう。

個人的に人でなし認定している父だが、母を大事にしているところだけは尊敬している。

俺も、ジークのことは生涯大事にしたい。

その前に、正式に妻になってくれたらいいのだけれど……。正直に言ったら、自信がない。

豊かな生活なんてほど遠い場所だし、財産があるわけでもなし。自分が甲斐性のある男だとは微塵も思っていない。むしろ、ジークのほうに甲斐性を感じることがあるという、なんとも情けない話だ。

ジークは感情を顔にあまり出さないし、言葉数も多いほうではない。反応を見て、どう思っているか察することは難しかった。

ただ、以前よりは笑ってくれるようになった気がする。ジークが三日に一度くらいの頻度で見せてくれる微笑(ほほえ)みがまた、世界一可愛(かわい)いのだ。

目標は、毎日彼女を笑わせること。狙ってできるものじゃないので難しいけれど、目標は達成が困難なものほど燃えるのだ。


ジークへの感謝の気持ちを込め、ヤマブドウの蔓(つる)の小箱と鷲(わし)のブローチを作ってみた。

鷲のブローチはジークをイメージしたもので、かなりよくできたように思える。きっと、喜んでくれるだろう。

ジークは目を細めながら、小箱とブローチを大切そうに受け取ってくれた。気に入ってくれたようで、ホッとする。

しかしそのあと、大事件が起きた。ジークが何も返せないと言うので、頬にキスしてくれと頼み込んだのだ。

断られるかもしれないと思っていたが、ジークはキスをしてくれるという。

ジークの唇が頬に触れた瞬間、幸せが爆発してヘロヘロになった。長椅子の上に倒れ込んだら、ジークも一緒になって倒れてしまったのだ。押し倒されるような体勢となる。

近すぎる距離感に、心臓が口から飛び出るんじゃないかってくらいバクバクと激しく鼓動していた。

もう、こんな機会なんてないのかもしれない。そう思ったら、彼女の体をぎゅっと抱きしめていた。嫌だったら、拒絶するだろう。ジークは軍人で、たぶん腕力は敵わない。

嫌がる素振りを感じたら、放そう。

ジークは身じろぐことなく、そのままの体勢でいた。もしかして、嫌じゃない？

でも、ジークが何も行動に移さないからといって、手出しするようなことはあってはならない。

まだ、自分たちは本当の夫婦ではないのだから。

手を離し、解放した。すぐに離れるだろう。そう思っていたのに、ジークは動かないのだ。

意思を確認するように、瞳を覗き込む。

拒絶の色は見られない。それどころか、気を許しているように感じた。

だったら、先に進んでもいいのでは？　という考えが脳裏を過った――が、今ではないという警鐘が頭の中でカンカンとけたたましく鳴り、ハッと我に返る。

慌ててジークの体ごと起き上がり、彼女自身を長椅子の背もたれに預ける。

ジークにごめんと一言謝罪し、家を飛び出す。冷たい井戸水で顔を洗って、ドロドロに甘くなっていた脳内を通常営業に戻した。

顔から水をぽたぽた滴らせながら、なんてことをしてしまったのかと恥ずかしくなった。

一瞬でも、ジークに対して「いけるかも！」なんて考える自分は、なんて恐ろしいまでに浅慮な男なのか。

時間を巻き戻せるのならば、キスする前に巻き戻してほしい。それができたら、キスしてくれたジークにありがとうと笑顔で言って終わらせる。

後悔しても遅いのだけれど。

いつの間にかやってきていたテオポロンが、手巾を差し出してくれる。ありがたく、顔を拭かせてもらった。

あまり時間をかけたら、ジークが心配するだろう。きっと、気まずい雰囲気になるに違いない。そういう方向へ持っていったのは自分だ。反省すべきである。

家に戻ると、珈琲（コーヒー）のいい香りが漂っている。居間を覗き込むと、ジークは淡く微笑みながら

「リツ、珈琲にトナカイのミルクジャムを入れたら、おいしいと思わないか？」と質問してきた。

気まずさなんて吹っ飛ばす言葉に、元気よく頷（うなず）いた。

その日飲んだミルクジャム入りの珈琲は、驚くほどおいしかった。

同時に、やっぱりジークのことが世界で一番好きだと、改めて思ったのだった。

アイナとエメリヒの往復書簡　その一

父が亡くなってからというもの、家の空気はピリピリして、居心地が悪くなった。

たった一人欠けただけで、こんなにも変わってしまうなんて。

そうさせるのは、父を失った喪失感だけではない。ありとあらゆる責任が、父から年老いた祖父に移ってしまったからだろう。

動けるうちに金を貯めなければと、毎日のように森に行って狩猟をしている。

義理の両親の面倒を見なければならない母は、心労で倒れてしまった。祖母も、父が亡くなってから調子を崩してしまっている。起きているより、寝台で過ごす時間のほうが長いくらいだ。

大きな問題は、私の結婚だろう。嫁に出すのではなく、婿を入れたいと望んでいた。

どこの家も貴重な跡取りを手放すわけにはいかず、祖父の申し出は突っぱねられるばかり。

酔っ払った祖父は、城塞の軍人でも引っかけてこいというが、毎日酒浸りの男性と結婚するならば、舌を嚙(か)んで死んだほうがマシだ。

都合がいい相手としてルカ・サロネン・エスコラの名前があがる。エスコラ家の次男なので、婿入りが可能らしい。

ルカは私と同じ十六歳。とにかく生意気な男で、昔から喧嘩(けんか)が絶えない仲だった。奴(やつ)との結婚なんて、天と地がひっくり返ってもありえない。相手も同じことを考えているだろう。

それに彼は何年も前から、領主の家で働く異国人の娘を追いかけ回していた。きっと、あの子と結婚するのだろう。

問題は尽きない。

私が男だったら、祖父は苦労せず隠居できた。婿探しをした挙げ句、途方に暮れることもなかった。

すべて私が男じゃないから、悪いのだ。

できることといえば、精一杯働くこと。それから、少しでもお金を貯めておくこと。

刺繍（ししゅう）や腕輪は高値が付くが、その分時間がかかる。狩猟で肉や毛皮を得たら、すぐに売れる。

だが、私は獲物を逃がしてばかりで、絶望的なまでに狩猟の才能がなかった。

悔しくて、涙で枕を濡らす夜も珍しくない。

そんな中で、私はエメリヒ・ダーヴィットと出会う。背が高く、春の森を思わせる緑色の瞳に輝く金の髪を持つ、整った顔立ちの青年だった。

彼は私を気にして、優しく声をかけてくれた。それなのに、拒絶してしまった。

異国人だったこともあるが、それ以上に羞恥の気持ちがこみ上げ、どういう反応をしていいのかわからなかったのだ。

もう、二度と話しかけてこないだろう。そう思っていたのに、彼は私に笑顔で挨拶してくる。

訳がわからなかった。

そうこうしているうちに、領主とジークリンデさんを通して、エメリヒ・ダーヴィットから文通してくれないかと頼み込まれる。

直接は難しくても、手紙を通してならば交流できるかもしれない。考えを改め、彼との文通を始めた。

エメリヒ・ダーヴィットは、軍人とは思えない丁寧な文字を書く。物腰も、柔らかい。城塞にいる軍人といったら、粗暴で口うるさく、下品だ。まったく別の人種のように感じている。

演習先の空がどんな色だったとか、植物を買って育てているとか、上司の犬の散歩を命じられたとか、手紙の内容はあってないようなものばかり。

それでも、娯楽のない毎日を過ごしていた私にとって、楽しくもおかしいものであった。

彼からの手紙は領主の家に届けられ、ジークリンデさんが早朝の散歩で持ってきてくれる。

ジークリンデさんを見かけるたびに、エメリヒ・ダーヴィットの手紙を持っているのではないかと思って、胸がドキンと高鳴るのは秘密だ。

いつの間にか、手紙が届くのを心待ちにするようになっていた。

文通していることは、家族には話せない。特に、異国人嫌いの祖父に知られたら大変な事態になるだろう。

手紙は家族が寝静まった深夜に書き、ジークリンデさんに手渡すのは早朝だ。届いた手紙は絶対に見つからないよう裁縫道具入れの底に入れ、寝台の奥に隠してある。

家族に対して隠し事はしたくなかったが、こればかりは打ち明けるわけにはいかなかった。

文通を始めてから、私の毎日はガラリと変わった。

土産屋（みやげや）のおかみさんに、表情が明るくなったと言われた。彼から届く手紙に、元気をもらっているからかもしれない。

心に余裕もできたように感じる。祖父や祖母の小言も、聞き流せるようになった。具合が悪い母を励ます言葉もかけられるようになる。

すべて、エメリヒ・ダーヴィットのおかげだ。


今度彼に会ったときは、素直に話そう。

手紙のお礼と、心からの感謝を伝えたい。上手（うま）く話せるかどうか、残念ながらまだ自信がない。

再会する日が訪れるまで、たくさんの人に話しかけて、慣れるようにしておかなければ。

文通をするようになって、優しさを与えたら同じように優しさが返ってくることを知った。

私は、誰よりも優しい人になりたい。困っている人に手が貸せるほど、心優しい人に。

思いがけず、人生の目標ができてしまった。

（夏の章）

暑い日は湖（ヤルヴィ）へ

春が通り過ぎ、待ちに待った夏が訪れる。森に囲まれた辺境の地は、圧倒されるほどの木々や草花の緑に包まれる。

「ジーク、見て、薔薇（ばら）が咲いているよ」

美しい白薔薇が、レヴォントレット伯爵家の庭に艶（あで）やかに咲き誇る。

「いい香りだ」

「薔薇水を作るために、母方の祖母が植えた薔薇なんだ。母がいなくなってから作らなくなったけれど、今年はジークがいるから、作ってもいいかも」

薔薇の香りを閉じ込めた薔薇水は、化粧水として使ったり、風呂に入れたりと、使い方は多岐にわたるようだ。

「これは夏至の薔薇と呼ばれていてね、開花すると、夏だなーって思うんだ」

爽やかな風が薔薇の芳香をたっぷり運んでくれる。辺境の夏の香りなのだろう。

他にも、ライラックにルピナスと、夏に咲く花は数多い。その中で、『タンジー』という黄色い花は、染め物に使うらしい。

生成り色に染まった布で作った服は、農業従事者を中心に人気なのだという。

「タンジー自体に、防虫効果があるんだ。染めた服に効果があるのかはわからないけれど、好んで着る人が多いみたい」

「そうなのだな」

初めて、花を愛でる夏を体験した。

夏の特徴として、一日中太陽が沈まない白夜と呼ばれる期間があるらしい。

働き者の村人たちは白夜を心待ちにし、明るい中で酒を交わすことを楽しみにしているという。

「しかし、白夜というのは不思議だな」

夜だというのに、外は明るい。今の時間であれば寝静まる鳥も、空を優雅に飛んでいた。

「父は、明るくて眠れないから白夜が大嫌いって言っていたな。ジークは大丈夫？　眠れている？」

「ああ、問題ない。軍でも、夜の勤務があったからな」

「そっか。よかった」

夜が訪れないと、時間がゆっくり流れているように感じる。おかげで昼間、庭の樹に吊したハンモックでリツハルドと二人昼寝をしてしまった。北から吹く風が心地よく、ぐっすり眠ることができたのだ。

昼寝を堪能したあとは、裏庭にあるミント畑でミントの採取を行った。リツハルドの父がうっかり植えたミントが、広く生え広がっているのだ。年々増えているようで、いつか庭全体がミントに侵食されるのではないかと、リツハルドは戦々恐々しているらしい。

夕方採取したミントが、テーブルの上に広げられている。今から、ちょっとだけ夜更かしをしてミントを加工するのだ。まずは一枚一枚、汚れや虫、他の野草が入っていないか確認する。

「よし、こんなものかな」

まず、大きな瓶にミントを詰め、酒精をひたひたになるまで注ぐ。十日間ほど経ったら、ミントオイルの完成である。

「ミントオイルと水、酒精を混ぜたら、虫除け液が完成するんだ」

「虫除けはこの前作った除虫香があるのでは？」

「夏はプンッキに嚙まれる機会が多くなるんだ」

「プンッキ？」

「森に生息するマダニのこと。夏の環境を好むから、活動的になるんだよ」

マダニは病気を媒介し、場合によっては生死をさまようほど苦しむ場合もある。山に演習に行ったさい上官がマダニに嚙まれ、動けなくなるほどの熱に浮かされた記憶が残っていた。下山後、マダニに嚙まれて病気をもらっていたと聞いたときは驚いたものだ。

「森にいるマダニは、危険なものも多くてね。高熱が続いたのちに亡くなる人もいるんだ。これから、活動が活発になるシーズンに入るから、しっかり対策しておかないとね」

「そうだな」

森のマダニは、嚙まれても痛くないというのが特徴らしい。そのため、マダニに嚙みつかれていると気付かず、何時間も血を吸われていることがあるそうだ。

もしも噛みつかれたときは、マダニ抜きという道具が土産屋に売っている。それで引き抜くといいと、リツハルドが教えてくれた。

「あ、なんか土産屋の宣伝みたいになっちゃった」

「今度、買いに行こう」

「あ、大丈夫だよ。母が使っていたものがあるから」

リツハルドはそう言って、棚からマダニ抜きを手に取り私に渡してくれた。

見た目はピンセットのようだが、先が鋭く尖っている。マダニを掴むために、加工されているのだろう。

「手で無理やり引き抜くと、体内にマダニの欠片が残ってしまうんだ。だから、マダニを見つけたときは、必ずこれを使ってね」

「いいのか？　母君の品なのだろう？」

「大丈夫。これは、レヴォントレット家の奥方が代々使っている品だから。母の私物というわけではないんだよ」

　歴代の奥方が使っている品らしい。私が手にしてもいいのだろうか。躊躇っていたら、リツハルドは私の手のひらにマダニ抜きを握らせる。

　二百年ほど使っているらしいが、きれいに手入れされていて、指紋の一つも付いていない。しっかり管理しなければ。

「そんなわけで、マダニが嫌うミントを使った虫除けは大事な対策ってことで」

続いてミントを使って作るのは、ミントシロップ。

「夏といったら、ミントシロップ。口の中がスーッとして、爽快感があるんだよね！」

ミントでシロップを作るなんて、初めて聞いた。いったいどんな味わいなのか、非常に気になる。

作り方は簡単らしい。

「鍋に水と砂糖、ミントをたっぷり入れて、ぐつぐつ煮込むだけなんだ。砂糖が溶けて、ほんのり色づいたら完成かな」

台所に移動し、ミントの葉を煮込む。沸騰すると爽やかなミントの香りが、ふんわりと漂う。

「よし、こんなものかな」

煮立ったミントを取り除き、煮沸消毒した瓶に詰める。薄い黄色の液体が完成した。

「ミントシロップは、どのようにして使うんだ？」

「もっともシンプルな味わい方は、水で薄めてスライスした柑橘類（かんきつるい）を浮かべて飲むことかな。あ、お酒にほんのちょっぴり垂らしても、いいかも」

「おいしそうだな」

「他は、紅茶に入れたり、パンケーキの生地に混ぜたり。炭酸と割るのも最高に夏って感じで好きだな」

「なるほど。使い方は無限大というわけだ」

「そうだね」

リツハルドオススメの、ミントシロップを使った一杯を作ってくれた。まず、鍋にミルクを入れ、弱火で温める。鍋の周囲がふつふつしてきたら、チョコレートをふた欠片落とした。ぐるぐる混ぜ、チョコレートが溶けきったらミントシロップを加えた。さらに軽く混ぜ、カップに注ぐ。上に、生のミントを添えたら完成だ。

「白夜の、スペシャルチョコミントミルクの完成！」

このあと片付けもあるので、台所にしゃがみ込んで飲む。ふうふうと冷ましてから、口に含んだ。まろやかなミルクチョコに、ミントの清涼感が喧嘩せずに溶け込んでいる。後味に甘ったるさはなく、驚くほど爽やかだ。

「これは、おいしい。サッパリしているな」

「でしょう？　大人のチョコミルクって感じで、好きなんだー」

嬉しそうに微笑むリツハルドを見ていると、心の中にポッと小さな火が灯った。ついついつられて、私までも笑ってしまう。

「あーなんか俺、幸せかも」

リツハルドの呟きに、深々と頷いた。

翌日は湖に魚釣りに出かける。日差しが強いというので、麦わら帽子を被った。

腰ベルトに除虫香用の小さな鉄製の入れ物を吊す。

「ジーク、念のために、マダニ対策もしておこうか」

「そのほうがいいかもしれないな。しかし、ミントオイルができるのは十日後だろう？」

「うん、だからね――」

リツハルドはしゃがみ込み、足下に生えていたミントを摘む。それを手の中で揉み合わせ、腕や首筋と露出していた部分に擦り込んだ。最後に、靴にも葉の汁を揉み込む。

「靴の中に入って、噛まれることもあるからね」

「なるほど。ミントの葉を直接擦り付けるのも効果があるのだな」

「有効成分が濃縮されたミントオイルに比べたら、効果は弱いけれどね。何もしないよりはいいかなと」

リツハルドがしたように、ミントを摘んで体と靴に擦り付けた。

「除虫香と合わせて使うと、野草になった気分になる」

「ジークは真っ赤な野薔薇かな」

「リツは、スノードロップとか、百合とか」

「わあ～、きれいなお花に喩えてくれてありがとう」

そんな話をしながら、出発する。リツハルドは釣竿を抱えている。今日の獲物は、湖に生息する魚だ。

　いつも薬草やキノコなどを採取する森とは違う方向に進んでいく。

　目の前に広がるのは、圧倒されるような緑と広い湖。この国は、十八万以上の湖があるといわれている。名もなき湖が、あちらこちらに存在するようだ。

「いつ見てもすごいな。湖なんて、故郷では森の奥まで入らないと見ることができないのに」

「湖水地方はもっとすごいよ。陸より、湖の割合のほうが多いんだ」

「想像できない」

　一時間ほど歩いた先に、リツハルドお気に入りの湖がある。そこは、冬にアイスフィッシングをした場所だ。凍った湖の上に乗り、穴を開けて魚を釣った日の記憶は、今も強く心に残っている。

　持ってきた椅子を並べ、まずは餌探しから行う。土を掘り、ミミズを探した。

「よし、こんなものかな」

「何か釣れるといいが」

「休日だと思って、のんびり釣ろっか」

　餌を釣り針に通し、竿を操って湖へと投げる。静かな湖に、大きな波紋が広がっていった。

　太陽の輝きが差し込み、水面が美しく光る。少し離れた場所に、鹿の親子が水を飲みにきていた。絵になる風景である。

「ジーク、鹿の親子でよかったね。もしも熊だったら――」

「撤退しなければいけないところだったな」

絶賛子育て中の熊は、もれなく凶暴なのだ。近づくことは危険を意味する。

自然と共存共栄するには、もともとの住人である野生動物への敬意を忘れてはならない。自分勝手にふるまえば、瞬く間に牙を剝かれてしまうだろう。

鹿の親子が湖を離れたのと同時に、リツハルドの竿がしなった。

「おっ！」

ここだというタイミングで竿を引いたら、水面から銀色の魚が跳ねる。一気に引っ張り、陸へあげた。真っ赤な目とヒレを持つ魚が釣れる。

「あ、ローチかー」

コイ科の魚で、体が小さく骨が多い。「調理が面倒だから」とリツハルドは呟き、湖にリリースする。

私はムイックと呼ばれる、サケ科の魚を連続で五匹釣り上げた。

「この魚は以前、リツが罠で捕まえたやつだな」

「そうそう。ムイック、おいしいよね～、うわっ！」

急に、リツハルドの竿がくんと深くしなる。今まで見たことないくらいの、強い引きだった。

「こ、これは、大物かも!?」

リツハルドは立ち上がり、足を踏ん張って竿を引く。私は竿を置いて網の持ち手を握り、構えて待つ。

「ぐっ……うう！　これ、竿が、折れるかも、しれない」

今までにない、大物らしい。いったい、何がかかったのだろうか。

よほど引きが強いのか、リツハルドの額には珠（たま）の汗が浮かんでいた。

「ジーク、ごめん。引っ張るの、手伝ってくれる？」

「わかった」

リツハルドの背後から竿を握り、一緒に引っ張る。

「これは、かなりの大物だな」

「でしょう？」

息を合わせ、竿を引く。すると、魚影が見えた。一メートルはありそうな、巨大な魚である。

「うわっ、俺、あんなのと戦っていたんだ。絶対一人じゃ無理！」

「とんでもなく大きな魚だな」

だんだんと、魚が近づいてくる。今度は、網を構えているように頼まれた。

「ジーク、お願い」

手を伸ばし網で魚を掬（すく）おうとしたら、最後のあがきだとばかりに暴れ始める。

「くっ、この野郎！」

思わず悪態をつきながら、魚を網で掬うことに成功した。陸に上がった魚は、水中で見るよりも大きかった。細長く、口の中には鋭い歯を持っていた。

リツハルドは全力を出し切ったからか、脱力したように座り込む。

「あー、疲れた！」

「リツ、この魚はなんなのだ？」

「クハだよ。パイクパーチとも呼ばれていて、とってもおいしい魚なんだ」

「そうか」

息を整えたリツハルドは、クハをさばく。尻尾と皮、内臓は湖に流し、スープの出汁に使う頭と骨、それから白身はしっかり塩を振っておく。その辺に生えていたオレガノを摘み、身に載せて持ち帰る。殺菌効果があるらしい。

「ジーク、お昼にしよっか。お腹がペコペコだ」

「そうだな」

リツハルドがたき火を作っている間に、私は大きめのムイックの腸を抜き、鉄串を打つ。塩を振ったものを、たき火で炙り焼きにする。

「魚が釣れなかったときのことを考えて、マッカラも持ってきたんだよね」

リツハルドはマッカラ――ソーセージを掲げて見せた。

「これも食べようか」

「そうだな」

その辺で木の枝を拾い、ナイフで削って先端を鋭くする。それに、マッカラを刺した。各々手に持ち、焼き目を付けていく。

「外でマッカラを焼いていたら、ビールが飲みたくなるんだよね。持ってくればよかった」

「珍しいな、リツがビールを飲みたいだなんて」

「冬だと思わないいんだけれどね。夏はやっぱりマッカラとビールだなーって」

「そう言われたら、飲みたくなる」

「だよねー」

昼間から酒が飲みたくなるのも、白夜だからだろう。まるで、夏休みを過ごしているような気分にしてくれる。

大人になって夏を楽しむとは、一年前までは想像すらしていなかっただろう。

たき火にマッカラを炙り続けていると、皮がパチンと音を立てて弾(はじ)けた。中から、肉汁がじゅわっと溢(あふ)れてくる。もったいないと思いつつも、まだ食べ頃ではないだろう。裏、表とひっくり返しながら、じっくり焼いていった。

「と、こんなものか」

「うん、そろそろいいかも」

リツハルドが自宅から持ってきていたマスタードを付け、かぶりついた。パキッと皮が鳴り、プリプリの肉からじゅわ〜っと肉汁が溢れてくる。文句なしにおいしい。

「やっぱり、自分で面倒見ながら焼いたマッカラは最高だね！」

「ああ。いつも以上に、おいしく感じる」

途中、クラッカーの上にチーズとマッカラを載せ、少しだけクラッカーごと火で炙って食べる。これがまたおいしい。

マッカラを堪能し終えると、今度はムイックがいい感じに焼き上がった。

「こっちもいいみたい」

「食べるか」

持ち上げただけで、魚の身から脂がぽたぽたと滴り落ちる。皮はパリッと香ばしく焼かれ、身は舌の上でホロホロと崩れていった。

釣った魚をその場で焼いて食べるほど、贅沢なことはない。

長年軍人をやってきたが、同僚も家族も、私が嫁いだ先で釣りをしつつのんびり暮らしているなど想像もしていないだろう。

今まで過ごしてきたどの夏よりも、充実していた。

帰り道は別のルートを通る。とっておきのベリーが自生する場所があるらしい。森に入ると、少し離れた場所に平屋建ての家が見えた。

「リツ、あそこの家はなんだ？」

「ああ、あれはサマーコテージだよ。夏の一定期間、都会の人が土地の管理者に滞在費を払って、畑仕事をしたり、キノコやベリーを採ったり、釣りをしたりして暮らすんだ」

「なるほどな」

「隣の村のサフィーリが許可を出しているとかで」

　この辺りはリツハルドが治める地域と、隣村のサフィーリが管理する地域の境目らしい。とはいっても、はっきり線引きされているわけではない。

「なんか、微妙な場所に建っているよね」

「だな」

「一時期、うちの先代もサマーコテージを作って、大儲けしたいって言っていたんだけれど、珍しく父が反対して」

「それは、何か理由があったのか？」

「うん。村の決まりをしっかり理解していない人を住ませたら、トラブルのもとになる。問題が起きた場合、逆にこちらが損をするから、許可しないほうがいいって」

「たしかに、そういうこともあるのかもしれないな」

　貴族が辺境に別荘を作り、夜な夜な騒いで村人から苦情が出たとか、森でキツネを狩り尽くして生態系が崩壊してしまったという話を聞いたことがある。

「今のところ、そういう問題は起きていないようだけれど」

一応、サマーコテージ使用者はレヴォントレット伯爵家の領地へ立ち入ってはいけないことになっている。守られているか確認する術はないだろうが。

「俺も、サマーコテージは許可しない方針なんだ。観光のお客さんのおもてなしだけで手一杯だし。軍人さんみたいに、自分勝手をされても困るからさ」

「そういえば、いたな」

一日中ぐうたらとし、昼間から酒を飲んでいるようなたるんだ連中である。ああいう人が楽しい夏のシーズンにやってきたら、台無しになってしまうだろう。

「あれもこれもと欲張ったら、痛い目に遭うだろうなって」

「その辺は、難しい問題だな」

「うん」

リツハルドは立ち止まり、キョロキョロと辺りを見渡す。

「どうかしたのか?」

「いや、この辺りがベリーの穴場なんだけれど」

ベリーの樹らしきものはあるが、どれも実が付いていなかった。先に進んでみたが、結果は同じ。

「おかしいな。いつもこのくらいの時季はベリーがたくさん生っているのに」

「動物が食べたわけではないな」

「ここまできれいに食べないもんなー」

しゃがみ込んでベリーの樹の状態を見ると、枝が鋭いもので切断されているのに気付いた。これは、人工的に付けたものだろう。

「リツ、これを見てくれ」

「何？　って、あっ！」

リツハルドも気付いたようだ。

「誰かがここにあったベリーを、根こそぎ採ったみたいだな」

「ええ、嘘でしょう？　全部採る？　俺らだけじゃなくて、リスとかウサギも困るじゃん」

森に自生するベリーは、すべて人の所有物ではない。人と野生動物が、分け合って食べるのだ。

「一応、狩猟と同じく、ベリー摘みも暗黙の了解で、採取場所が被らないようにしているんだ。こんなこと、今までなかったから、たぶん、サマーコテージに住んでいる誰かが採ってしまったのかもしれない」

「その可能性が高いだろう」

「困ったなー」

リツハルドがベリーを摘んでいる場所はここだけではない。よって、そこまで困るわけではないのだが、心配なのは野生動物の食生活が偏ってしまうことらしい。

「ちょっと甘いものを摘まみに行こうと思って、ここにベリーが一粒もなかったら、衝撃を受けるよね」

「まあ、そうだろうな」

「気の毒になるよ」

一応、この国では『自然享受権』――自然の恵みは皆で分かち合おうという決まりがあるそうだ。そのため、レヴォントレット伯爵領のベリーを採ってもなんら問題はない。しかし、採り尽くすのは明らかなマナー違反だろう。

「終わったことを気にしても仕方がないね。ジーク、帰ろうか」

「ああ、そうだな」

カッと怒りが湧いてきた。この燃え滾るような感情とどう向き合っていいのかわからない。リツハルドはいかにして対処しているのか。チラリと見てみる。

リツハルドは怒ったり、悲しんだりすることはなかった。平然としているわけではないが、ベリーがないという事実を、淡々と受け入れているように見える。

「父さんの言っていたとおり、こういうことになるんだね」

「みたいだな」

やはり、余所で生まれ育った者を受け入れるというのは、難しいのだろう。

「ジークは、すごいよね」

「私のどこがすごい？」

「だって、うちの村の決まりとかしきたりを、受け入れてくれたし」

「それは——軍の規律より、優しいからな」

そう答えたら、リツハルドは「ふはっ！」と言って噴き出した。

「そっか。辺境の村の鉄の掟は軍人の規律に比べたら、なんてことないものだったんだ」

リツハルドの足取りは軽くなり、「よかったー」という呟きも聞こえた。

「いつも、堅苦しい村の掟に従わせて、悪いな～って思っていたんだ」

「堅苦しくないだろう。生きるための、最低限の決まりだ」

「そう言ってくれると、気も楽になる。ジーク、ありがとう」

「礼を言われるようなことではないと思うのだが」

「それでも、ありがとうって言いたい」

どうやら、知らない間にいろいろとリツハルドに心労をかけていたらしい。まさか、そこまで気遣っているとは思わなかった。

私はリツハルドのように、繊細な気配りができているだろうか。心配になる。

「リツハルド、私は——」

「うん？」

「いや、なんでもない」

リツハルドは優しいから、たとえ私が気配りできてなくても、できていると言うだろう。聞くことによって、さらに別の気配りをさせるわけにはいかない。

まあ何はともあれ、ベリーを根こそぎ採られてしまった件はなんとも歯がゆい気持ちになったが、それがきっかけで私達は一歩心の距離が近づいたように感じた。


帰宅後、釣ってきた魚を調理する。ランゴ一家は本日はお休みなのだ。

「ジークはマッシュポテトを作ってくれる？　仕上げにディルを入れるやつ」

「了解」

料理は得意ではないが、マッシュポテトならば任せてほしい。軍人時代、演習でよく作っていた。

リツハルドはムイックの腸を出し、小麦粉をまぶしてカラッと揚げていた。額に汗が浮かんでいたので、ハンカチで拭いてあげる。

「わー、ジーク、ありがとう」

気にするなと、手を振って応える。

私は茹で上がったジャガイモを潰し、溶かしたバターとトナカイのミルクを入れて滑らかにする。塩コショウを軽く振ったあと、仕上げにディルを混ぜたら完成だ。

リツハルドが揚げたムイックはマッシュポテトの上に並べる。ムイックをマッシュポテトに絡めて食べるようだ。結構おいしそうに仕上がっている。小魚のフライと呼ばれているらしい。

巨大魚クハは、スープにするようだ。鱸（アハヴェンケイット）のスープという料理らしい。クハの頭部と骨で出汁を取り白濁してきたら一度漉（こ）して、月桂樹の葉とタマネギ、ジャガイモ、ニンジンを入れてさらに煮込む。最後に、トナカイのミルクと炙り焼きしたクハの身を入れ、仕上げに塩コショウで味を調えたら完成する。ムイックを揚げるのと同時進行で作っていたらしい。リツハルドの調理の手際は、プロの料理人並みだ。

料理を居間に運び、ルルポロンが作ったパンと一緒に食べる。

まずは、小魚のフライから。尻尾を摑み、マッシュポテトを掬い上げるようにして食べる。衣がサクサクで、味が濃いマッシュポテトとよく合う。褒めようとしたら、リツハルドに先を越されてしまった。

「あーもう、ジークの作ったマッシュポテトが最高！　すっごくムイックのフライに合うよね！」

「味、濃くなかったか？」

「俺のフライがちょっと味薄かったから、ちょうどいい感じ」

「そうか。リツが揚げたムイックも、サクサクしていて、身はふっくらで、とてもおいしかった」

「よかった。なんか、俺達って普段もだけれど、ちょうどいい感じだよね！」

「ちょうどいい感じ？」

「そう。なんか、二つで一つというか。互いに足りないところを、補うような関係だと思わない？」

「そういえば、そうだな」

「ジークにできることができなくて、落ち込むことがあるんだ。でも、俺ができないから、ジークができるんだって思うようになったら、気持ちが楽になって」

リツハルドの言葉を聞いて、心の中にあったモヤモヤが晴れる。

できないことを、気にする必要はない。互いに、助けたらいいのだから。

「そういう考え方もあったのだな」

「うん。もしかして、ジークもできないことがあって、落ち込むことがあったの？」

「あった。正直な話、ついさっきも落ち込んでいた」

「え、なんで？」

「ベリーを採り尽くされてしまって、怒ってしまったんだ。でも、リツハルドは怒らなかった。三十を過ぎて、未だに感情の制御もできないのかと」

「そんなことないよ。普通だって」

「どうしてそう思う？」

「だって、あのときは森が荒らされているわけじゃないから。立場的に黙認せざるを得ないのだけれど、さっきはジークが怒ってくれたから、スッとしたというか、なんというか」

「それだけで、気が済むのか？」

「うん。普段は、ちょっとしたことで怒ってはいけない、ありのままを受け入れるんだ、みたいな感じで諦めることが多かったんだ。大自然の中で暮らしていると、感情の振り幅がズレちゃうんだろうね。でも、今日はジークが怒ってくれた。ああ、やっぱり怒っていいんだって、安心したよ」

リツハルドの話していたとおり、私達はまったく異なる環境で育ち、性格も正反対だから『ちょうどいい』のだろう。

「ジークはね、ピアノの調律師みたいに、俺の感情を正しい方向に導いてくれるんだ」

「それは、大げさではないのか？」

「そんなことないって」

今日はいつもより、深い話ができたような気がした。やはり、対話は大事なのだと、ヒシヒシと痛感してしまった。

×××

穏やかな昼下がり。土産屋に牛乳が入荷されたと風の噂（うわさ）で耳にして、買いに行く。

この村では乳牛を飼育していないので、貴重なのだ。海を半日ほど渡った先にある村から、わざわざ仕入れているらしい。

土産屋を覗き込むと、村の女性が四、五人いた。皆、牛乳を買いに来たのか、大盛況だ。

店内へ入ると、一人の奥方が熱く訴えているところだった。

「大事に採取していたのに、根こそぎなくなっていて。動物の仕業じゃないの。絶対、人が採っているんだわ！」

話が途切れた瞬間に、土産屋のおかみは私に挨拶する。

「おや、ジークリンデさんじゃないか。今日は、どうしたんだい？」

「牛乳を買いにきたのだが、まだあるだろうか？」

「ああ、あるよ」

煮沸消毒した瓶に、牛乳を注いでもらった。支払いを終えたあと、先ほど熱弁していた奥方が私に問いかけてくる。

「ジークリンデ様のテリトリーは、荒らされていなかった？」

「私は――」

言うべきか黙っておくべきか考えていたら、他の女性達が被害を口にする。

キノコ、薬草、果樹、ベリーなど、各々の受け持ち地域に自生している物が、採り尽くされていると。

「犯人はわかっているの。西の森にあるサマーコテージに住む、大家族よ」

なんと、あのあまり大きくないコテージに、十三人家族が生活しているのだという。

「どうせ、田舎(いなか)は都会よりキノコやベリーが豊富だから、夏の間だけ移り住もうだなんて考えているんだろうけれど」

「困るわ。私達には、それぞれテリトリーがあるというのに」

長年、互いに干渉せず、野生動物とだけベリーやキノコを共有してきたのだろう。それを、すべて採られてしまっては、困ったどころの話ではなくなる。

「狩猟もしていたとかで。森の見回りをしていた夫が話していたの」

「まあ、なんて酷(ひど)いことを」

今は禁猟のシーズンだ。森の生態系を守るために、皆きっちり従っているというのに。

「サマーコテージって、都会じゃ流行(はや)っているようだけれど、ここで年がら年中暮らしている身からすれば、迷惑だわ」

「本当に」

まさか、他の場所にも赴いてベリーやキノコを採取していたなんて。大家族はそれだけ食料が必要なのだろう。しかし、侵入を禁じられている地域へ踏み込み、他人のテリトリー内で採取し尽くすのは許されない。

「ジークリンデさん、領主様に、どうにかしてくれって伝えてくれる？」

「私達だけじゃなくて、そこに棲(す)む野生動物も困っていると思うのよ」

「わかった。伝えておこう」

大変な任務を抱えて、家路に就くこととなった。

リツハルドは庭で草むしりをしていた。麦わら帽子を被った後ろ姿は、なんだか可愛らしい。

「リツ、今帰った」

「おかえり〜。牛乳まだあった？」

「あった」

「よかったー」

先に、地下の氷室へ運ぶことにする。

氷室というのは、冬に採った氷を地下に保管する、自然の冷蔵庫だ。そこに牛乳を置いて、リツハルドのもとに戻った。

「リツ、その」

「ん、何？」

手に鎌を持ったリツハルドが振り返った。

「先ほど、村の奥方に、サマーコテージに住む者が、ベリーやキノコを採り尽くした挙げ句、森で狩猟をしているという話を聞いて」

「あー、うちだけじゃなかったんだ。それに加えて、狩猟もか。困ったなー」

「何か、対策を取ったほうがいいかと」

「だね。でも、直接言ったら問題になりそうだし」

「サマーコテージの管理人に言ったほうがいいな」

「俺もそう思う。よし、今から隣のサフィーリの村に行きますか。ジークも付いてきてくれる？」

「ああ、もちろんだ」

近隣には、リツハルドの村を含めてサフィーリが暮らす村が四つあるらしい。その昔はすべてレヴォントレット伯爵家の土地だったがあまりにも広すぎるため、三つの村は当時の村長一家に託し、各々運営されるようになったのだという。

一つ目は、緑色の民族衣装をまとうサフィーリ。もっとも小さな村で、農業が盛ん。精緻な麦わら製品を作ることを得意としているらしい。

二つ目は、赤い民族衣装をまとうサフィーリ。港町で働き、漁業で生計を立てる者がほとんどだという。気性が荒い者も多いのだとか。

三つ目は、黄色の民族衣装をまとうサフィーリ。山のふもとに住み、山の恵みとともに生きているようだ。

「なるほど。住んでいる地域や環境で、各々異なる暮らしをしているんだな」

「そうなんだ。俺達は森と湖のサフィーリって呼ばれているんだよ」

交流もそこそこあるようで、以前は若い男女を招いたお見合いパーティーのような祭りも開催されていたという。

「でも、五十年前くらいに、ある事件がきっかけで中止になったんだよねえ」

「ある事件？」

「血気盛んな若者が、他の村の男をバカにしたんだ。みんな、自分の村への愛が大きいから、大乱闘にまで発展して。以降、この祭りはしないほうがいいっていう方向になったんだ。伝統ある行事だったんだけれど」

「その祭りが今も行われていたら、私はリツハルドと出会っていなかったかもな」

「そういうことになるのかな？」

リツハルドとそんな話をしながら、村の外に出る。

緑のサフィーリは隣の村で、もっとも交流が盛んなようだ。週に一度、麦わら製品を売る商人もやってくる。私やリツハルドが愛用している帽子も、緑のサフィーリから買った品だ。

「あ、馬車が来た」

「ちょうどいいタイミングだったな」

二頭立ての馬車が、駆けてくる。

雪解け後の春から秋にかけて、村の間を馬車が行き来しているのだ。それに乗り込み、緑のサフィーリの村を目指す。

　しばらく走ると、一面に麦畑が広がっていた。青々とした葉が、空に向かってまっすぐ伸びている。これから秋にかけて、実を膨らませ小麦色に染まっていくのだろう。

「うーん、いつ見ても立派な畑だ」

「辺境の地はあまり農作物が育たないと聞いていたが」

「そうなんだよ。でもここの村は、作物を育てる技術があるんだ」

　これだけの範囲で得た小麦の収益は、かなり大きいだろう。よく、レヴォントレット伯爵家の当主はこの村の運営を当時の村長に託したものだ。

「ここを領していたら、かなりの収益があったのでは？」

「そうかもしれないね。でも、いろいろ限界だったんだと思うよ。俺も今、一つの村を領するだけでも精一杯だから」

　利益よりも穏やかな暮らしをしたい。そんな思いが強かったのかもしれない。

　麦畑を抜けたら、村が見えてくる。周囲には、サマーコテージらしき住宅もポツポツ建っていた。

「うちの村と雰囲気違うでしょう？」

「藁葺(わらぶ)き屋根、だな」

「そうそう。うちは屋根も木だけど、緑のサフィーリは藁で屋根を作るんだ」

　村は子ども達が駆け回り、山羊(やぎ)や鶏が闊歩(かっぽ)するという平和な様子が見て取れる。

馬車から降りると、子ども達が無邪気に話しかけてくる。

「こんにちは。お兄ちゃん、何をしにきたの？」

「村長とお話をしにきたんだ」

「こっちだよ」

子ども達は私とリツハルドの手を引き、走って案内してくれる。まさかの案内人に、思わず笑みがこぼれる。

到着して一分も経たずに、村長の家にたどり着いた。一見して、民家といった感じの平屋建てである。

リツハルドは扉を叩き、「こんにちは」と声をかけた。

「はい、どなた」

扉から顔を覗かせたのは、白髪頭の女性。村長の奥方だろう。

「どうも、お久しぶりです」

「おやまあ、レヴォントレット伯爵様ではありませんか。いかがなさったのですか？」

「ちょっと村長と話をしたいなと」

「ああ、そうでしたか。どうぞ、どうぞ、中へ」

「お邪魔します」

一歩足を踏み入れると、藁の匂いを感じた。藁葺き屋根の家だからというのもあるかもしれないが、藁製品を作るために家の中に藁の束が持ち込まれていたのだ。

天井から、幾何学模様を立体化させたような飾りがぶら下がっている。

「リツ、あれはなんなのだ？」

「ヒンメルっていう、この村に伝わる伝統的な飾りだよ。豊作を祈って藁で作るんだ」

「そうなんだな」

村長は立派な白髭（しらひげ）を生やした、六十代くらいの男性だった。緑色の民族衣装を、藁を編んだ太いベルトで締めている。

「領主様、わざわざ来ていただいて。呼んでくださったら、参上いたしましたのに」

「急な用事でしたので」

リツハルドと緑のサフィーリの村長は、互いに敬意を抱いているような関係に見えた。今回の件については非常に言いにくいだろうが、森の均衡が崩れかねないことなので、しっかりもの申さなければならない。

「すみません、本題に移らせていただきたいのですが――こちらの村では、都会の方にサマーコテージを貸しているようで」

「ええ、ええ。うちの村には、十棟ものコテージがあり、夏のシーズンのみ貸し出しているのですが、今年は一組だけでして」

「それは、どうしてですか？」

「都からほど近い田園地帯の村が、どうやらサマーコテージの事業を始めたようで、そっちに流れてしまったんです」

「そう、でしたか」

サマーコテージの客はコテージの契約料に加え、村へ品物を買いにきてくれる。若い男がいたら、娘を嫁にと勧めることもできるのだ。

「サマーコテージを貸すことで、村に大きな利益が入ってくるのですが、今年は失敗ですな。格安で大所帯の家族に貸したのですが、村にはまったく寄りつかず、自給自足しているみたいで」

「村長、問題は、それなんです」

「それ、とは？」

「どうやら、一家がうちの領地に入り込んで、ベリーやキノコを採り尽くすだけでなく、狩猟もしているようで。困っているのは俺達だけじゃなくて、ベリーやキノコを食べる野生動物も食料の確保に苦労しているかと。その結果、どうなるのか、わかりますよね？」

「本当に、申し訳ないことを。なんと、詫(わ)びればいいのか」

「いいえ、村長が悪いわけではないので」

「あの一家は、自然享受権について間違った捉え方をしていたようですな」

「そうですね。自然享受権とは、人が自然を独占する決まりではないのです。生きとし生けるものすべてで、自然を分かち合おうというものですから」

話し合いの結果、村長がサマーコテージの一家に注意をしに行ってくれることとなった。これで、問題が解決になればいいが。

「ただ、採ったベリーやキノコ、狩った野生動物は帰ってこないもんなー」

「特に、崩れた生態系はもとに戻せない」

「そう！　そうなんだよ。どうか、影響がありませんようにって、祈るしかないよね」

一仕事終えて村に戻ったリツハルドは、まっすぐ土産屋に向かった。

「おや、領主様じゃないか。こんな遅い時間に、どうしたんだい？」

「サマーコテージの一家が巻き起こした事件の、中間報告をしにきまして」

人が多く集まる土産屋は、村の情報がもっとも行き交う場となっている。今回の事件で不満を持っている女性陣に情報提供ができるよう、リツハルドは土産屋のおかみに伝えておくようだ。

「今日、緑のサフィーリの村長に、サマーコテージの一家について一言物申してきたよ」

「それはよかった。これ以上、被害が拡大しないことを祈っているよ」

「だねー。おかみさんも大変だったでしょう？　不満のたまり場みたいになって」

「いやいや、とんでもない。買い物で発散してくれるから、いつもより売り上げが上がったくらいさ」

「だったらよかった」

とりあえず、注意した旨を他の村人に伝えるよう頼んでおく。

帰宅後、リツハルドは外で何やら立て看板を作っていた。それは、夏期の狩猟を禁止するというものだった。

「これを、森の入り口に立てておこうと思って。ないよりは、あったほうがいいでしょう?」

「そうだな。私も手伝おう」

「ジーク、ありがとう」

二人でせっせと立て看板を用意し、森へ赴いて人目に付きやすい場所に打ち付けておく。時刻はすっかり夜だが、白夜なので外は明るい。

「こういうとき、白夜は助かるよね」

「時間の感覚が狂って、働き過ぎるのも問題だがな」

「あ、うん。そうだね。家に帰って、お風呂に入ろっか」

「そうだな」

太陽は沈まないが、一日は終わりつつあった。


朝――小鳥が枝に止まり、透き通るような美しい声で囀(さえず)っていた。小夜鳴鳥(ナイチンゲール)だろうか。カーテンを開いたら、バサバサと羽ばたく音だけが聞こえた。

今日も早朝の散歩に出かける。

「あ、ジークリンデさん! 土産屋のおかみに、話を聞きましたよ」

「ああ、昨日（きのう）の」

井戸端会議をしていた村の女性陣が駆け寄ってくる。

緑のサフィーリの村長にドカン！　と文句を言ってくれたようで感謝すると頭を下げられた。

ドカンと言ったどころか、文句すら言っていない。土産屋のおかみはいったいどのような説明をしたのだろうか。

しかし、スッキリしたような表情を見せていたので、何も言わないでおいた。

「領主様、いつもニコニコしていて、どんな相手にでも下手（したて）に、下手にでるから、きちんと言ってくれるか心配で」

「それがいいところでもあるんだけどねえ。たまには、領主としての威厳も見せてほしいと思っていたんだよ」

リツハルドの評価も、どんどん上がっていた。本人が知ったらどう思うか。

帰宅後、寝ぼけ眼（まなこ）のリツハルドと一緒に朝食を囲む。ルルポロンが朝から腕によりをかけて、食事を用意してくれた。

オムレツの中身には、飴色（あめいろ）になるまで炒めたタマネギが入っていた。これが、サワークリームのソースとよく合う。ソーセージ（マッカラ）が添えられているのも嬉しい。カリフラワーのスープは、白夜に飲む習慣があるらしい。ディルを振っただけのシンプルな茹でジャガイモもおいしかった。

「リツ、先ほど、散歩中に村の奥方が、緑のサフィーリの村長にドカン！　と文句を言ってくれて、感謝すると言っていたぞ」

「ええー、ドカンと文句なんて言っていないよー。土産屋のおかみさん、みんなにどんな説明をしたんだか。どうせ、領主は普段ヘラヘラしているけれど、案外きちんと文句を言えるんだね、アタシ、見直したわーとか言っていたでしょう？」

「それは、どうだろう……」

答える代わりに、噴きだしてしまった。

「ジーク、それ、認めているようなことだからね」

「す、すまない」

あまりにも、女性陣の言動を的確に読んでいたので、笑ってしまったのだ。

「どうせ、俺はへたれ領主ですよ」

「そんなことはない。リツはいつも、村と村人のことを考えている、よい領主だ」

「ジーク、ありがとう。これ、感謝の気持ち」

リツハルドはそう言って、大事に取っておいたであろうマッカラを私にくれた。

今日は白樺の採取に向かう。春にヤマブドウの蔓の採取に行ったが、夏は白樺の皮製品や木を使った製品を作るらしい。

ルルポロンがお弁当を用意してくれたのだが、巨大な黒麦パンという豪快なものだった。

「こ、これは……！」

全長三十センチほどあるだろうか。今まで見てきたどのパンよりも大きい。重さも、ずっしりしている。

「ジーク、これ、カラクッコという料理なんだ」

「カラクッコ？」

「そう。中に、ベーコンと魚が交互に重ねられた具が入っているんだ。木こりのお弁当とも呼ばれているんだよ」

「なるほど。中にぎっしり具が詰まったパンなのだな」

「まるごとは多いから、半分持って行こうか」

「そうだな」

ナイフでカットすると、リツハルドが言っていたとおり、魚とベーコンが入っていた。なかなかおいしそうだ。昼食の時間が楽しみになる。

カゴを背負い、森を目指して出発する。

すれ違った村人から、森に夏期の狩猟禁止の看板を立ててくれてありがとうと、感謝された。

頑張りを認めてもらえると、嬉しくなる。

「これで、狩猟する人が足を止めてくれたら、いいですけどね」

「昨日、緑のサフィーリに注意をするようお願いしてきたから」

「だったら、安心――あれは？」

村の広場に、荷車を引いた男性がやってくる。年頃は四十前後か。五歳から十五歳くらいの子どもを、八名ほど引き連れていた。民族衣装を着ていないので、サフィーリの一族ではないだろう。旅装束であれば商人だが、ごくごく庶民的なシャツにズボンという姿であった。

荷車には、キノコやベリー、それから仕留めたであろうウサギや山鳥もあった。

もしやと、ある憶測が脳裏を過る。彼らこそが、サマーコテージに住む一家ではないのかと。

リツハルドも同じことを考えていたのか、やってきた男へ向ける表情がやや硬くなっていた。

「あ、あの、ちょっと」

すれ違いざまに、声をかけてくる。もしや、森で採ったベリーやキノコ、それから獲物を返しにきたのだろうか。

荷車を覗き込んだら、熊の赤ちゃんの姿もあったので、ぎょっとした。

「あの、あなたは、どちらの方ですか？」

リツハルドが声をかけると、男は早口でまくしたてるように言った。

「この村の近くにある、サマーコテージに滞在する一家だ」

やはり、彼らは私達青のサフィーリのテリトリーを荒らして回った者達だった。

悪びれる様子もないので、呆れてしまう。

「これは、とっても新鮮なベリーやキノコで、こっちの獲物も、獲りたて。ベリーはカゴ一杯で銅貨一枚。キノコは銅貨二枚。獲物はどれも銅貨三枚で売ろう」

空気がピリッと震えた。村人達が、怒りの視線を一気に男に向けたからだろう。

チラリと横目でリツハルドを見る。普段通りの彼だった。一人、冷静さを保っているとも言える。リツハルドは柔らかい口調で問いかける。

「あの、それ、うちの村のテリトリーで採ったものじゃない？」

「何を言っているので？　自然にあるベリーやキノコは、どこの誰の物とは、決まっていない。自分達の物と主張しているなんて、おこがましいにもほどがある」

男の視界に入らない屈強な村人が、腕をゴキゴキ鳴らしていた。どこからかやってきた奥方は、箒（ほうき）を構えている。

「自然は、人が独占していいものじゃない。採り尽くしてしまったら、生態系に影響が出る」

「セイタイケイって、なんだ？」

「たとえば、この小熊」

「ああ、それは一人でノコノコ歩いていたんだ。簡単に、仕留めたよ」

「母熊の、恨みを買っているかもしれない」

「そんなわけあるか。母親とはぐれてしまった小熊だろう」

「あなたは、自分の子どもがどこでどのように遊んでいるか、把握しているの？」

「それは――」

「していないでしょう？　母熊は小熊を守るために、どこまでも残虐になる。匂いを嗅ぎつけ、家の壁を壊して、あなたがそうしたように、大事な家族を殺すかもしれない」

これが、生態系への影響だと、リツハルドが言い切る。

「自然にはルールがある。虫が微生物を食べて成長し、小型動物が虫や木の実を食べて成長する。小型動物を大型動物が食べ、人が大型動物を狩って食べる。長い長い歴史の中で、互いの領域を侵さないようにして暮らしてきた。決められた中の流れを、人の我が儘で断ってしまうと、いつかしっぺ返しを受ける。あんな風に」

「え？」

リツハルドが指さした先に、巨大な熊がやってくる。

「ヒ、ヒイイ！　く、熊だ――!!」

男と子ども達は荷車を置いたまま、回れ右をして逃げていった。

大慌ての様子を見て、リツハルドは呟く。

「熊じゃないよ。テオポロンだよ」

偶然、テオポロンが巨大熊を抱えて、村に戻ってきたようだ。テオポロンの体を覆い尽くすほどの、大きな熊だったのだ。あまりにも、タイミングがよかった。

テオポロンは身振り手振りで、突然熊に襲われたと主張する。リツハルドが小熊の亡骸を見せると、肩をすくめていた。

どうやら、テオポロンが仕留めたのは母熊だったらしい。毛色がそっくりだった。

「襲われたのが、テオポロンでよかったよ。いや、よくはないけれど。でも、対処できるのは、彼くらいしかいなかっただろうし」

「だな」

小熊の亡骸は、ランゴ家の裏庭に埋めた。解体した母親の骨なども、一緒に埋めてくれるだろう。

ミルポロンが、白く可愛らしい花を供えてくれた。やさしい娘だ。

胸をこぶしで叩いて感謝の意を示すと、同じように返してくれる。

あのあとすぐに、緑のサフィーリの村長夫妻がやってきた。なんでも、サマーコテージの一家は慌てた様子で出て行ったらしい。酷く、熊に怯えている様子だったという。

彼らが持ってきたベリーやキノコはどうするのかと質問したら、被害に遭った村人達で分けてほしいと言う。

荷車の中を確認すると、ベリーやキノコの状態は良好だった。もしかしたら、今までも避暑として向かった先で、商売をしていたのかもしれない。

サマーコテージの一家が持ってきた物は土産屋のおかみに託し、被害があった村人全員に行き渡るよう配ってもらった。

翌日、お礼にミルクジャムを持って行く。

「おかみ、昨日は世話になった。これは、ほんの気持ちだ」

「おや、いいのかい？」

「もらってくれ」

昨日はベリーやキノコを受け取るついでに、入荷したばかりの野菜が飛ぶように売れたという。

「だったら、ありがたくいただいておくよ」

迷惑でなかったと分かり、ホッとした。

「領主様のことを、さらに見直したって、みんな言っていたよ。さすが、学者先生の子どもだ、自分達が知らないようなことを、知っているって」

暴力や権力で解決しなかったのも、評価が上がったことに繋がっていたらしい。今度は、リッハルドも心から喜ぶだろう。

「まあでも、無事に解決してよかったよ。せっかくの楽しい夏が、台無しになるところだった」

「そうだな」

まだ、しばらく白夜は続くようだ。

さんさんと降り注ぐ太陽の光を受け、ベリーはさらに甘くなるだろう。採りに行くのが楽しみだ。

×××

　広大な森には、さまざまなベリーが自生する。ただ、夏になったら一気に実るのではなく、種類ごとに旬が異なるようだ。

「まず、初夏に実るのがビルベリー。ブルーベリーの原種で、見た目は似ているけれど、ブルーベリーより味や栄養価が高くて、果肉の色が違うんだ。ビルベリーは紫色で、ブルーベリーは白。ビルベリーは白夜の強い日光に耐えたから、果肉までも紫色に染まるんだよ」

「では白夜がないと、完全に紫色にならないと」

「たぶんね。というのも、実は全部、父の受け売りなんだ」

　リツハルドは舌先をペロリと出して白状する。

「これも父の受け売りなんだけれど、ビルベリーは目の疲れを癒やすのに最適なんだって」

「なるほどな」

　ビルベリーはブルーベリーより粒が小さい。潰れやすいため、注意が必要だという。

「ジーク、ビルベリーはブルーベリーの汁よりも、付いたら落ちないからね」

「気を付けておこう……おっと！」

　返事をした途端に、ビルベリーを潰してしまった。濃い紫色の液体が、指先に付着する。慌てて拭き取ったが、しっかり紫色に染まっていた。

「もっと早く言っていたらよかったね」

「いいや、事前に聞いていても、いつか潰していただろう」

「だよね。そういう俺もこんな感じだし」

リツハルドの指先は、すでに紫色に染まっていた。思わず笑ってしまう。

「リツは慣れているから、きれいな手をしているのだとばかり」

「いやー、ベリー摘みだけは慣れなくてね。毎年、いろんな色のベリーを摘んで、なんとも言えない色の指になっているよ」

「私の指はどんな色に染まるのやら。楽しみだな」

ベリーの収穫は、素手の感覚が重要らしい。他の果物のように、採ったあとは熟れないようだ。

私はまだ、その辺の感覚は育っていなかった。場数を踏んで、覚えるしかない。

帰宅後、ビルベリーはすぐに加工される。リツハルドが収穫したものはジャムに。私が収穫したものは果実酒にするようだ。

ビルベリーを井戸水で洗い、実を潰さないように水分を軽く拭き取る。屋外にある簡易台所の窯に火を入れ、銅の鍋にビルベリーと砂糖を投入する。

「ジャム作りは、銅の鍋で作るのがお気に入りなんだ」

なんでも、熱伝導率が優れている銅の鍋でジャムを煮込むと、新鮮な風味を残したまま鮮やかな色で仕上がるらしい。

リツハルドが木べらでビルベリーを混ぜる間、私は果実酒の準備を行う。

作り方は至ってシンプル。煮沸消毒した瓶に、ビルベリーと砂糖、蒸留酒を注ぐだけ。

大きな鍋に水を張り、瓶をぐつぐつ煮込む。瓶の水分を飛ばし、砂糖、ビルベリー、砂糖、ビルベリーと層になるように入れ、最後に蒸留酒を注いだ。

完成は、五ヶ月後らしい。ちょうど極夜あたりに飲めるだろう。楽しみだ。

リツハルドのビルベリージャムも完成したようだ。色鮮やかな紫色のジャムである。

「ジーク見て。きれいでしょう?」

「ああ、美しい」

太陽の光にビルベリーの瓶をかざし、しばしリツハルドと二人で見とれていた。

今日一日の頑張りが、瓶の中に収まっている。成果が形になって見られるというのは、多大な満足感があった。

「では、ジークリンデさん。こちらのビルベリージャムの味見をしてみましょう」

リツハルドはベルトに吊していた鞄(かばん)から、クラッカーを取り出す。先ほど瓶詰めしたものを食べるのかと思いきや、鍋に付着したビルベリージャムを匙でかき集めてクラッカーの上に載せた。

「どうぞ」

「ありがとう」

ブルーベリーのジャムは今まで食べたことがあったが、ビルベリーのジャムは初めてだ。白夜の光を浴びて育ったベリーはいったいどんな味がするのか。零(こぼ)さないよう、一口で頬張る。

濃い、甘みと酸味が口いっぱいに広がった。もっと酸っぱいのかと思っていたが、品のある甘さを感じる。

「これは、初めて食べる味わいだ。とても、おいしい」

「よかった」

ここでしか味わえない、極めて貴重なジャムだろう。大自然の恵みに心から感謝した。


八月になると、さらに旬を迎えるベリーが増える。

ルビーのように真っ赤な実の『レッドカラント』。

酒好きにはおなじみ、カシスの名でも知られる『ブラックカラント』。

もっとも有名なベリー『ラズベリー』。

黄金に輝くベリー『クラウドベリー』。

ベリーといったらラズベリーくらいしか把握していなかったが、随分と種類があるようだ。

「ジーク、今日はクラウドベリーを採りに行こう」

いつになく、リツハルドは憂鬱そうだった。

「元気がないが、どうしたんだ？」

「実は、クラウドベリーが自生する場所は沼地で、蚊が大量にいるんだ。生で食べるのが一番おいしいベリーなんだけれど」

毎年苦労して、採りに向かっているようだ。

「一応、虫除けのネットを付けた帽子も作ってみたんだけれど、どうかな」

そっと差し出された麦わら帽子には、細かい網目のネットが縫い付けてあった。これならば、虫の接近も許さないだろう。

「手にはミントで作った虫除けを塗って、除虫香を焚いていたら、たぶん被害は最小限になると思う」

「これだけ対策をしていたら、大丈夫だろう」

「だといいけれど」

目指すはクラウドベリーだが、途中にキノコも生えているので採りながら進む。

辺境の森ではすっかりおなじみの、アンズタケ、ポルチーニを中心に、どんどん採っていく。

一時間半ほど歩いた先に、大粒のクラウドベリーが生っている場所に到着した。じっとりしていて暗い場所なのに、クラウドベリーは太陽のような輝きを放っている。

リツハルドが話していた蚊が大量発生していた。煩わしいぶーんという羽音も聞こえる。

「確かに、これはすごいな」

「でしょう？」

除虫香を二つ焚き、煙をまといながら蚊の群れに突入する。

「蚊が、遠ざかっていくな」

「除虫香の効果だね！」

「すごいな」

「でしょう？　今のうちに、採ろっか」

無言でクラウドベリーを摘んでいく。今まで採ったどのベリーよりも大粒で、実は輝きと張りがあった。三十分ほどで、カゴがいっぱいになる。

「ジーク、撤退だ」

「ああ」

早足で沼地を去る。三十分ほど歩き、湖の畔で腰を下ろした。

「はー……！」

麦わら帽子を脱ぎ、冷たい湖の水で顔を洗った。リツハルドが、ハンカチを差し出してくれる。

「ありがとう」

「いえいえ」

「たくさん採れたな」

「うん。蚊にも刺されなかったし、すごくやりきった感があるよ」

「私もだ」

家から持ってきていた水でクラウドベリーを洗い、食べてみる。

「甘いな」

「でしょう？」

張りのある皮がプツンと弾け、中からほんのり酸味のある甘いベリーソースが溢れてくる。今まで食べたどのベリーよりも甘かった。

「クラウドベリーは生が一番おいしいから、シーズン中に食べ切っちゃうんだよね。今年はせっかくだから、何か作ってみようかな」

「何がおいしい？」

「うーん、今まで食べた中で一番おいしかったのは、アイスクリームに生のままごろっと載せて食べるやつかな。あれは、どんな果物ソースにも勝る、極上のトッピングだったなー。あ、ごめん。加工品じゃないんだけれど」

「いや、いい。興味が湧いた。アイスクリームは、村で買えるのか？」

「ううん、売っていないよ。アイスクリームを作る道具を、リューネブルク侯爵家のお祖父さんが贈ってくれたんだ」

リツハルドは幼少時、何回か作って食べたらしい。

「でもね、夏に食べるアイスクリームなんて、贅沢な食べ物だーって、母方のお祖父さんが言うから、長年封印されていたんだよね」

氷と牛乳、砂糖、塩と、高価な食材ばかり必要としているようだ。

「生のクラウドベリーは今しか食べられないから、貴重な甘味なんだな」

「そうなんだよ」

「久しぶりに、作ってみるか？」

「いいね！」

そんなわけで、アイスクリーム作りに挑戦してみる。まず、土産屋で材料を買い集めた。

次に、長年使っていなかったアイスクリームメーカーをきれいに洗った。

リツハルドの母君が丁寧に保管していたようで、まったく悪くなっていなかった。

それは、一見して木製のバケツのように見える。中が二層になっていて、外側に氷を入れ、中にアイスクリームの材料を注ぎ、蓋を閉めてハンドルをくるくる回したらアイスクリームが完成するらしい。

まず、卵の黄身と白身を分け、白身はフワフワになるまで泡立てる。途中で砂糖を加え、さっと混ぜ合わせる。それに、黄身を加え、混ざったら牛乳と香り付けにバニラビーンズを加えた。

これを鋼の缶に入れて、アイスクリームメーカーの中に設置する。

氷は冬の間に取っておいた物を使う。細かく割って、塩と一緒に入れるのだ。すると、温度を急激に下げることができる。

「あとはハンドルを回すだけ。ずっと使っていなかったから、ハンドルが、けっこう、固い！」

「アイスクリームを作るのは、大変なんだな」

「そう、なんだよー」

三十分ほど回したら、アイスクリームの完成である。思いの外、本格的でなめらかそうなアイスクリームが完成した。

「おいしそう！」

「だな」

リツハルドはガラスの器を持ってきた。ランゴ家にもふるまうようで、五つ。

「この器も、リューネブルクのお祖父さんからもらった品なんだよね。なかなか、使う機会もなくて」

「アイスクリームとクラウドベリーが映えそうな器だな」

「だよね」

アイスクリームが溶けないよう、素早く盛り付ける。

ランゴ家の面々は、仲良く庭で草むしりをしていた。窓を開いて、リツハルドが呼び寄せる。

「テオポロン、ルルポロン、ミルポロン、ちょっと来てー！」

手招くように呼んだからか、みんな小走りでやってきた。

「これね、ジークと作ったの。よかったら、今、食べてみて」

三人揃って、不思議そうに覗き込んでいる。窓越しに差し出すと、受け取ってくれた。

冷たいものだとは思っていなかったようで、テオポロンを驚かせてしまった。ルルポロンとミルポロンにも、何か注意を促している。

「大丈夫だよー。とってもおいしいから、食べてみて」

リツハルドがそう言うと、テオポロンは重々しく頷いた。

まずは、テオポロンから食べるようだ。

「――!?」

アイスクリームを一口食べたテオポロンは、カッと目を見開く。そして、ルルポロンとミルポロンに、早く食べるといいと言わんばかりの仕草をした。どうやら、おいしかったようだ。

続いて食べたのは、ルルポロン。口に含んだ瞬間、瞳はパッと輝く。頬に手を当て、とろけそうな笑みを浮かべている。

最後に、ミルポロンが口にした。テオポロンとルルポロンは、心配そうに見守っていた。

アイスクリームを匙で掬い、パクリと口に含む。

ルルポロンは一瞬にして目を輝かせ、にっこりと微笑んだ。釣られて、テオポロンとルルポロンも笑顔になる。

「笑顔のミルポロン可愛いというか、テオポロンもルルポロンも可愛いよ」

リツハルドの言葉に、深く頷いてしまう。荒野で育った彼らにとって未知の菓子だったが、お気に召してもらえて嬉しくなった。

「ランゴ家が同時に笑顔になるのは、初めて見た気がする」

「十年一緒にいる俺も初めてだよ」

「アイスクリームはすごいな」

「本当に」

「私達も食べよう」

「あ、そうだった。ランゴ家の幸せそうな表情で、満足しちゃっていたよ」

アイスクリームは少し溶けていたので、缶に戻して再び攪拌（かくはん）させる。キンキンに冷えたアイスクリームを、ガラスの器に装（よそ）った。仕上げに、上からクラウドベリーを散らす。

「はあ、世界一きれいなアイスクリームだよね」

「美しいな」

うっとり見とれている場合ではない。溶ける前に、食べなければ。

白樺の木で作った匙で、アイスクリームとクラウドベリーを一緒に掬って食べた。

舌の上が、キンと冷える。アイスクリームの爽やかな甘さと、クラウドベリーの新鮮味溢れる甘さが重なり合い、絶妙な味わいとなっている。クラウドベリー自体は熟練の料理人が苦労して作り出した、濃厚なソースのようだった。

「これはおいしい。驚いた、予想以上だ」

「俺も、記憶に残っているアイスクリーム以上に、おいしく感じた。こんなの、初めて」

感想を言い合ったあとは、ひたすら無言で食べ進める。あっという間に、ガラスの器は空となった。

「はー、おいしかった」

「クラウドベリーの甘さが引き立つようだった」

「やっぱり、クラウドベリーはアイスクリームとの相性が一番いいね」

ふと、窓枠のほうを見ると、空のガラスの器が三つ並んでいた。器はきれいに洗われ、中に何か入っている。リツハルドと一緒に、覗き込んだ。

「あ、これ、ホワイトカラントだ！」

ホワイトカラントというのは、レッドカラントの白実品種。レッドカラント以上に甘いが非常に希少で、滅多に発見できるものではないらしい。

そんなホワイトカラントが、ガラスの器三杯にぎっしり入っていた。

「これは、アイスクリームのお礼なんだろうな」

「だよねー。こっそりホワイトカラントを入れて帰るなんて、童話にでてくる妖精みたいじゃん」

「私から見たら、彼らも妖精のような存在に思える」

「彼らも？」

「リツハルドも、妖精のようだ」

「またまたー、真面目（まじめ）な顔でそんなこと言って！」

本気だったのだが、冗談だと思われたらしい。

まあいいか、と小さく呟き、ホワイトカラントを口にした。驚くほど甘くて、爽やかな風味が口の中に残った。

このようにしてまるで夏休みのような夏のシーズンを、私とリツハルドは過ごしていた。

××××
リッハルドの新婚記録帳 その三
××××

ついに、夏がきた！

一年の中で自然がもっとも輝く季節が、やってきたのだ。

憂鬱になるほどの曇天は鳴りを潜め、どこもかしこも濃い緑が生い茂っている。

湖は太陽の光を受け、キラキラと輝いていた。

そんな最高の季節に、隣にジークがいるなんて、この上ない幸せだろう。

待ちに待った白夜のシーズンも訪れる。

父は村に住み始めて以降、毎年「白夜なんか嫌いだー」と口にしていた。真っ暗にならないと、眠れないらしい。父がリューネブルク侯爵家の祖父に相談したら、地下にでも転がっておけという返事が届き、実際に地下で眠っていたのだという。

この地で育った俺にとって白夜は『普通のこと』だった。余所の国では、白夜どころか極夜もないという話を聞いたとき、驚いた記憶がある。

ジークはどうだろうか。もしも眠れないと言われても、空気が悪い地下で寝かせるわけにはいかない。ジーク専用のアイマスクを縫わなければならないかも、と考えていた。だが、ジークは軍時代に夜勤の経験があり、昼間に寝ることは多々あったと。明るくても、眠れるらしい。

頼もしい答えに、心弾んだ。だって、ジークと一緒に夏のシーズンを楽しめるのだ。

まず最初に行ったのは、マダニ対策。夏になると、活動が活発になるのだ。

ジークも軍時代に上官が被害に遭っていたようで、マダニの恐ろしさへの理解は早かった。真剣な様子で、ミントオイル作りをしてくれた。

話を聞いていると、軍人も大変そうだ。一週間、熱帯雨林の中を泥だらけになりながら演習することもあったのだという。その際の敵は、ヒルだったようだ。同僚が寝ている間に首筋に張り付き、まん丸になるまで血を吸っていたと。同僚は貧血で、病院に運ばれたらしい。

他にも、蜂に襲われたり、ヘビが頭上に落ちてきたりと、信じられないような経験をしていた。

ジークだからこそ、この辺境での生活についてこられるのだろう。心から、感謝する。


お弁当を持って、釣りにもでかけた。まったりしながら、おしゃべりしつつ釣りを楽しもうと思っていたのに、とんでもない大物を釣り上げてしまう。ジークと一緒になって、竿を引いた。

せっかくジークと密着状態になったのに、巨大魚に意識を持って行かれたのであまり記憶がない。ジークの竿を握る腕が、頼もしかったことくらいしか覚えていなかった。

その後、ベリーの穴場に行って、摘んで帰ろうと考えていたら、誰かの手によって採り尽くされていた。

まず思ったのは、本当に困るのは野生動物だということ。独り占めなんて、許されることではない。もやもやとした黒い感情が、胸の中に広がっていく。

驚いたのは、ジークが怒りを露わにしていたこと。いつも冷静で、落ち着いているジークが、一目でわかるくらい怒っていたのだ。

自分の中にあった感情が、いつの間にか消えてなくなっていることに気付いた。もしかして、ジークが吸い取ってくれたのだろうか。不思議だ。

もしかしたら、近くに建っていたサマーコテージの住人が採ったのかもしれない。しかし、国に自然享受権というものがある以上、採ってはいけないと主張できないのだ。

静観しようと、ジークと話し合って決めた。

その日の晩、ジークとお互いについて言葉を交わした。なんと、あの完璧な女性であるジークでさえ、自分の行いやふるまいに落ち込む日があるようだ。

話を聞いていると、それはジークができなくて、俺ができることだったらしい。

逆に、ジークができないことができるからこそ、今までの生活は上手くいっていたのかもしれない。

個人的に、ジークの落ち着いているところとか、カッコイイ一挙一動とか、朝に強いところとか、羨ましいなと感じていた。毎朝散歩にでかけるなんて、俺には絶対に無理だろう。

夫婦とは、助け合うものだ。これからも、夫としてジークを支えたい。

サマーコテージの一家の問題は、想像より広い範囲に影響を及ぼしていた。他の場所でも、ベリーやキノコを採り尽くしていたようだ。加えて、狩猟もしていたと。罠を仕掛けていた跡が発見されたらしい。

俺達サフィーリは、自然と森に生きる野生動物に敬意を示して生きている。外の人間に暗黙の了解を理解しろというのは難しい話ではあるが、最低限の礼儀は見せてほしい。

夏期の狩猟禁止の立て看板を作り、対策は取ったが効果があるかは謎だ。

村人達の不満も募っているだろう。そんな中で、事件が起こる。

サマーコテージの一家が森で収穫したベリーやキノコ、そしてウサギや小熊を売りにやってきたのだ。信じられない事態に、言葉を失う。居合わせた村人達はピリピリとした空気を放っていた。

領主である俺が唆けたら、大乱闘になるだろう。まずは、対話をしなければ。

相手を刺激しないよう、言葉を選んで話しかける。

すると、悪びれる様子もなく、自然享受権を持ち出して何も悪いことはしていないと主張した。

話がまともに通じる相手ではない。どうしようかと考えているとき、視界の端に熊が映った。

野生の熊ではなく、仕留めた熊を背負ったテオポロンだ。これ幸いと、森の生態系について話してみた。話に熊がでてきたタイミングで、テオポロンが歩いてきたほうを指し示す。

男は真っ青になり、逃げていった。ベリーやキノコなど、売るつもりで持ってきた荷車ごと放置して。

村人達はワッと沸いた。どうやら、彼らの鬱憤を晴らすのに成功したようだ。

そして、やってきたテオポロンは首を傾げる。一番の功労者に、胸を拳で打って感謝の意を伝えた。


そんなわけで、サマーコテージの一家の問題は無事に解決した。

今後、このようなことがないように、緑のサフィーリの村長とも話し合う。

結果、今まで以上に結束が固くなったような気がした。


同じサフィーリである。手と手を取り合い、生きていきたい。そう、改めて思ったのだった。

村の青年ルカの牽制奮闘記

村でもっとも人気が高い女は、言うまでもなくベルグホルム家のアイナだ。

たしかにきれいな顔をしているが、気が強くて従順な態度や隙は見せない。

話しかけたらたちまち睨まれることが常らしい。村の男だけでなく、軍人や余所のサフィーリも気があるようだが、「話しかけないで、忙しいから」と拒絶されて意気消沈。その後、二度と話しかけることはないという。

誰かが、山猫のようだと表現していたときは、「なるほど」と思った。

山猫は警戒心が強く、人前には絶対に出てこない。だが、うっかり遭遇すると、鋭い牙や爪を使って襲ってくるときがあるのだ。自分を傷つけさせないために、先制攻撃を繰り出してくるのである。考えれば考えるほど、そっくりだと思った。

アイナとは子どものときに盛大な言い合いをして以降、話していない。相性が悪いのだろう。

一度、ベルグホルム家から婿にこないかと誘われたが、速攻断った。あそこは父親がいない。

そのため、結婚した婿に負担が集中する。ただでさえ偏屈だと名高い家系なのに、こき使われる未来が待っている家に誰が婿に行くというのか。

アイナは結婚相手として「ナイ」。そんな噂が広がったあと、男達の注目は別の女に向かった。

ミルポロン・ポヌ・ランゴ――戦闘民族一家の一人娘に。
褐色の肌に、黒い髪と瞳。額には原色の布を巻き、鮮やかな色あいの鳥の羽根を耳辺りに挿している。服も独創的で見たことがない模様や形をしていた。

出会った頃はちんちくりんだったが、最近はみるみるきれいになった。

ここ数ヶ月の間にアイナと仲良くなったようで、片言ではあるが言葉も覚えつつある。アイナと二人並んで歩き、微笑(ほほえ)み合う姿も見かけるようになった。

そんな様子を見て、男達は「いいかも」と思うようになったらしい。

幼少期から、ミルポロンと交流があったのは俺だけだ。だからこそって、俺に話を聞きにくる。

どんな食べ物が好きかとか、何と話しかけたらいいのかとか。

そんなの、知るわけがない。言葉が通じないので、まともに会話した記憶がないから。

わかることといえば、ミルポロンは領主一家の家で働いていて一日中忙しそうだということ。

休日も弓矢を持って猟に出かけているので、男と遊んでいる暇がないこと。

暇ができたら、アイナとつるんでいる。今まで同じ年頃の友達はいなかったので、楽しくて堪(たま)らない、という様子だった。

そんなことなどつゆ知らず、男共はミルポロンを夏至祭に誘いたいがために、気を引こうとあれやこれやと対策を俺に聞きにくるのだ。

夏至祭は豊作を祈る祭りで、青のサフィーリの村では精霊石に食べ物を持って行って祈りを捧げることしかしない。

赤のサフィーリの村では、盛大な祭りが開催される。各地から商人が集まり、珍しい料理や菓子が売られる。海岸では巨大なたき火が燃え上がり、女は花冠を、男は蔓を巻いた冠を被って踊るのだ。

被った冠は海に流し、誰かの冠と重なり合ったら、今世か来世で夫婦になるかもしれないという伝承があるとか。

恋人達の催しなので、男達は女を誘って行きたいのだろう。

今年から、領主が村長に掛け合って、赤のサフィーリの村と行き来する馬車の本数を増やしてもらったらしい。今までは一日に二本しかなく、日帰りするには二時間ほどしか村に滞在できなかった。

もっとも早い便に乗って、最後の便で帰るとしたら、六時間以上も祭りを楽しめる。そんなわけなので、今年は行きたいと望む者も多いようだ。

男達があまりにもミルポロン、ミルポロンとうるさいので、「あいつを夏至祭に誘う前に、親父を倒さないといけない」と、勝手に条件を出しておいた。

ミルポロンの親父は、槍一本で熊を仕留める本物の猛者である。村一番の勇敢な男だと、村の男達も一目置いている相手だ。銃を使わずに熊を狩る男になんて、絶対に勝てるわけがない。

以降、ミルポロンにちょっかいをかけようともくろむ男はいなくなった。こんなにも、親父を出しただけで効果があるなんて驚きだ。

母親に頼まれ、土産屋（みやげや）に小麦粉を買いに行く。すると、男達が土産屋に集まっていたので、ぎょっとした。

土産屋では、夏至祭用の花のブローチを売っていて、男達はそれを買いにやってきたようだ。夏至祭の日に、女に贈る物らしい。

なんでも若い女は夏至祭の晩、枕の下に七種類の花を入れて眠ると、夢の中に未来の夫がでてくるというまじないを試すらしい。ブローチも花の一種類として数えることができるので、気になる女性に贈ったらどうかと、土産屋のおかみが考えたようだ。

ちらりと横目で見る。ブローチは木を彫って作った、シンプルな意匠だ。あれくらいだったら、俺にだって作れる。

ブローチは瞬く間に売れ、在庫切れとなった。

男達が去ったあと、小麦粉の袋をドン！　と精算台に置く。

「おかみ、随分と、儲（もう）けているみたいだな」

「そうなんだよ。去年の夏至祭の日に、種類が異なる花を七種類も見つけられないから、ブローチを買いに来た娘がいてね。思いついたのさ」

「商魂たくましい」

「褒め言葉として受け取っておくよ」

想定以上の売り上げだったらしい。もっと仕入れていればよかったと、土産屋のおかみは悔しそうにしていた。

「あんたも、欲しかったんだろう？　悪いねえ」

「別に、欲しくねえし。俺は小麦粉を買いに来ただけだから」

「そうかい。もしも仕入れることができたら、知らせるからね」

「だから、欲しかねえって言ってるだろうが」

おかみはケラケラ笑うばかりで、真面目に取り合わない。こういう年頃のババアは怖いものなしで、始末に負えないのだ。


夜、ちょうど木の欠片があったので、花を彫ってみた。上手くできたら、土産屋に売りにいけばいい。そう思って毎晩、少しずつせっせと製作していた。

そして——夏至祭当日となる。

俺はいつもの通り、釣りにでかけた。大きな魚が三匹も釣れたので、ノルマ達成だろう。ついでに、キノコとベリーも摘んで持ち帰る。

みんな夏至祭に行ったのか、村はガランとしていた。残っているのは、ジジイとババアだけ。

若い娘は、誰一人歩いていない。

ミルポロンの姿も見つけられなかった。もしや、捨て身で親父を倒した者が出てきたのか。土産屋のおかみならば、何か知ってそうだ。だが、頭を下げて情報を乞うのは、自尊心が許さない。

そんな中、領主がのほほんとした様子でやってくる。

「あ、ルカだー」

緩い発言と共に、近寄ってくる。逃げようとしたら、肩をガッチリと摑(つか)まれてしまった。

「なんで逃げるの？」

「なんとなく」

「そういう曖昧な理由が一番傷つくんだけれど」

「うるさいな」

優男に見えるが、力が強く振り払えない。侮れない相手なのだ。

「あれ、ルカ、夏至祭行かないの？」

「あんなチャラついた祭り、行くかよ。領主のほうこそ、行かないのか？」

「うちは昔ながらの、精霊様に祈りを捧げるのみの、ささやかな夏至祭をするだけだよ」

「そうなんだな」

いち早く祭り会場に行って、誰よりもはしゃいでそうなイメージがあったから意外だ。

「ミルポロンは一時間くらい前に、家に帰ったよ」

「は!?」

「夏至祭に、誘ったら？」

「な、なんで俺があいつを誘わなきゃいけねーんだよ。ありえねーだろ」

「いいの？　さっき、どこぞの若者が、テオポロンは狩りに出かけているから、その間にミルポロンを夏至祭に誘おうかなって呟くのを聞いたんだけれど」

気付いたときには、走り出していた。城塞の外にある馬車乗り場には、いなかった。

今度は、ランゴ家に向かう。庭でミルポロンのおふくろさんが畑仕事をしていた。身振り手振りで、ミルポロンはいないと教えてくれる。

今度は、アイナの家に行く。ジジイしかいなかった。

「なんだ、アイナにちょっかいかけにきたのか、この野郎！」

「うるせー！　お前の家の娘には興味ねえよ！」

「なんだと⁉」

興味があってもなくても、怒られるらしい。訳がわからない。

「お祖父ちゃん、何をしているの？」

「ア、アイナ、この生意気男が、お前に興味がないと言いやがって」

「私も興味ないから」

「お。初めて気が合ったな」

「本当に。でも、ここに何をしにきたの？」

「えっ!?」

　こいつにだけは、ミルポロンを捜していると知られたくない。問いかけには答えずに、遠回しに質問してみる。

「それはそうとお前、夏至祭に行かないのかよ。その、友達とか誘って」

「行くわけないじゃない。あんな、騒がしくて軽薄な祭り。夏至祭っていったら、精霊様に供物を捧げて、豊かな暮らしができるようにってお祈りする日でしょう？　どうしてみんな、どんちゃん騒ぎをしに出かけるのかしら」

「同意する」

「また珍しく、意見が合うわね」

　今日はこれから、家族で精霊にお供え物を持って行くらしい。ミルポロンはここにいそうにない。

　ならば、いったいどこに行ったのか。まさか、釣りに出かけたとか？

　ミルポロンが村の近くにある湖で釣りをしている姿を、何度か目撃していた。もしかしたら、湖にいるかもしれない。

　銃を背負い、湖を目指す。

　ミルポロンは――いた。なぜか、地面に這(は)いつくばって、キョロキョロしていた。探し物をしているのか。

「おい、何をしているんだよ」

ミルポロンは驚いた顔で俺を見上げる。今、俺がやってきたことに気付いたようだ。

城塞の外で、周囲が見えなくなるほど探し物に熱中するなんて、隙だらけにもほどがある。危ないだろう。

「探し物はなんだ？」

しゃがみ込んで問いかけると、ミルポロンはカゴに入った花を見せた。六種類の花が入っている。ミルポロンは人差し指を差し出し、首を横に振った。

もしかして、夏至祭のまじないに使う花を探していたというのか。がっくりとうな垂れてしまう。

カゴに入っていたのは、この辺りでよく見かける花だ。これ以外の花は、ここらには生えていないだろう。つまり、探すだけ無駄だということだ。

仕方がない。本当に、仕方がない。

そう思いつつ、ポケットに入れていた百合細工のブローチをミルポロンに差し出した。

「これ、やるよ」

ミルポロンは黒い目を瞬かせ、驚いた顔を見せていた。なかなか受け取ろうとしないので、花が入ったカゴに投げ入れた。

すぐさま、ミルポロンはブローチを手に取る。最初は戸惑っていたようだが、ブローチに触れた途端に、目がキラキラと輝きだした。

土産屋に売りに行こうと思ってずっと持っていたけれど、まさかここで役に立つとは。

「七種類花が集まったのならば、帰るぞ」

手を差し出すと、ミルポロンはそっと指先を添えてきた。手を握り、立ち上がらせた瞬間、人の気配を感じてすぐに手を離す。

森のほうから、何かが接近していた。巨大熊かと思って、銃に手をかけそうになったが思いとどまる。

熊ではなく、ミルポロンの親父だった。なぜか熊を背負い、こちらへ接近していた。

逃げようと思ったが、ミルポロンが俺の上着を摘まんでいるので動けない。

あろうことか、ミルポロンは親父に俺が渡したブローチを見せびらかす。何度もこちらを指さすので、俺が作ったと親父にバレてしまっただろう。

親父は今まで見たことないくらいの優しい微笑みを浮かべ、娘の肩を叩(たた)いていた。

そして、俺のほうを見ると、拳で胸を打つ。あれは、ランゴ家の者達が使う、ありがとうの仕草だ。まさか、感謝されるとは思わなかった。

ここで、大変なことに気付く。親父のズボンのポケットに、花が入っていた。もしかして、一生懸命花を探す娘のために、わざわざ摘んできたのか。俺がブローチをあげたので、せっかくの花も無駄になってしまったようだ。

村に戻ると、ミルポロンは俺の腕をぐいぐい引く。どこかへ導きたいようだ。

ついていくと、ランゴ家の前にたどり着く。

家の前では、おふくろさんが熊肉の炙り焼きを作っていた。

ミルポロンは熊肉を指さし、食べるような仕草をする。もしかして、食べていけと言いたいのか。

両親が俺をニコニコとした表情で見ている。断る空気ではなかった。

ランゴ家の招待を受け、熊肉を食べさせてもらった。

これが、うまいのなんのって。

言葉は通じないのに、うまいと絶賛したら、ミルポロンも両親も、嬉しそうにしていた。

思いがけず、楽しい夏至祭を過ごしてしまった。

（秋の章）

秋のキャンプは
焚き火と共に

自然が緑色に輝く夏のシーズンが終わると、今度は一ヶ月もない秋が訪れる。

森の木々は瞬く間に紅葉し、赤や橙色（だいだいいろ）に染まっている。

穏やかに吹く風に、キンと冷たいものが含まれるようになった。辺境の秋は驚くほど短いらしいので、あっという間に冬になるのだろう。

そんな中、実家から大量のリンゴが届いた。大きな木箱で三箱も。

「わー、リンゴがたくさん」

リツハルドは喜んでいたが、私は額を手で押さえ、天井を仰ぐ。二人暮らしだというのに、どうやって消費すればいいのだろうか。

「一箱はランゴ家に分けるとして、もう二箱はどうすればいいのか」

「大丈夫、大丈夫。ジャムや乾燥リンゴを作ればいいから。雪が降ったら、埋めて保存もできるし。あ、そうだ。ジーク、サイダーを作ってみようよ」

サイダーというのは、リンゴ酒のことだ。シードルとも呼ばれている。

「サイダーは母方のお祖父（じい）さんの好物で、毎年商人からリンゴを大量に買い取って作っていたんだ」

リツハルドは物置から、果物を押しつぶして果汁を取り出す真鍮（しんちゅう）製のジューサーを持ってくる。

ハンドルを回して、ギュウギュウと果物を圧搾すると、注ぎ口から果汁が出てくる仕組みのようだ。

「随分年季が入っているな」

「お祖父さんのお祖父さんの代から使っていたらしいから、百年もの？」

「それはすごい。大事に使おう」

「うん！」

リツハルドがじっと見つめてくるので、どうしたのかと問いかける。

「なんで、この古いジューサーを、大事にしようって思ったの？」

「いや、百年前の品物を、代々丁寧に使っていたのだろう？　それに、ジューサーを見るリツの目が、懐かしそうに細められたから、きっと、良い思い出が詰まっているんだろうなと思って」

「ジーク、ありがとう」

「いや……なんというか。私の些細（ささい）な発言を、聞き逃さないリツハルドはすごいな」

「そうかな？」

リツハルドは幸せそうにあわく微笑んだ。

「ジークのさ、うちにある物を大事にしてくれるところが、本当に好きだな。言わなくても、わかってくれるって、嬉（うれ）しいことなんだよ」

「当たり前のことだろう」

「その当たり前が、できない人が多いんだ」

「そう、なんだな」

これ以上いろいろ言われると照れてしまうので、さっさとサイダー作りに取りかかった。

まず、リンゴを半分に切って、ジューサーで果汁を搾る。これがまた、力のいる大変な作業だった。

「リツハルド、すまない。祖国のリンゴは硬いだろう？」

「あ、うん。こんなに違いがあるんだね。でも、大丈夫」

リツハルドは額に汗を浮かべながらハンドルを回し、果汁を搾った。

搾った果汁には、種や皮の欠片などが入り込んでいる。そのため、何度か清潔な布で漉した。

瓶に入れ、ガス抜き機能が付いた栓で蓋をする。

アプリコットカラーのリンゴの果汁は、そのまま放置するらしい。酵母など入れずとも、放っておくだけでサイダーになるようだ。

「リンゴの甘さで、自然発酵するみたい。国によっては酒造を禁じていることがあるんだけれど、リンゴジュースを作ったつもりが数日後にはお酒になっていて、まあ大変！　って話もあるくらいで」

「そうなんだな」

果実酒とは違い、半月ほどで飲めるようだ。

以上がレヴォントレット伯爵家に伝わる、伝統的なサイダー作りだった。

今は濁っているが、しばらく経ったら発酵が始まって澄んだ色合いになるとのこと。

今回、二種類作ってみた。そのままのサイダーと、砂糖を入れたサイダー。飲み比べるのが楽しみだ。

残ったリンゴの皮と果肉は、砂糖で煮込んでジャムにする。鮮やかな赤に色づいたジャムが完成した。

他にも、スライスしたものを窯で焼いたドライアップルを作ったり、ルルポロンにパイを作ってもらったり、王道のバターをたっぷり詰めた焼きリンゴも作ったりして食べた。

持て余しそうだったリンゴは、あっという間に消費してしまった。

父に、改めて感謝の手紙を送らないといけないだろう。

×××

秋も深まる中、リツハルドから野歩きに行かないかと誘われた。

「森の紅葉を楽しめるのは今だけだし、冬に向けての素材集めもしたいんだよね。一晩野営もしたいんだけれど、大丈夫？」

「ああ、問題ない」

「本当に平気？　一応安全には気を配るけれど、野生動物が出るような森で一晩眠るんだよ？」

「別に、なんてことない。軍で演習経験があるからな」

「さすが、元軍人の奥さん。頼りになるー」

荷物の中にパンとマッカラ、チーズに塩漬け肉、ジャガイモやニンジンなどの野菜を詰める。

それから、塩、コショウなどの調味料も。白樺をくりぬいて作ったカップククサは、いつでも使えるようにベルトに吊しておく。

テントを持っていくので、トナカイを一頭連れて行くらしい。背中に荷鞍を付け、テントの骨組みと被せる毛皮をくくりつける。

犬や鶏、トナカイの世話はランゴ家に任せた。安心して、出かけられる。

野生動物に遭遇してしまったときのために、猟銃も背負っておく。冬に備えて食事量も増えるので、どうしても出遭ってしまうのだ。熊と遭いませんようにと、ひたすら祈るばかりである。

「ジーク、これ」

手渡されたのは、暖炉の薪を掴む火鋏。これで、木の実を拾って歩くらしい。いちいちしゃがみこまなくてもいいので、野歩きの際には便利だという。

「よし、こんなもんかな。じゃあ、行こうか」

「ああ」

普段とは逆方向の森をめざし、歩き始める。木々の葉はすっかり紅葉していた。もしかしたら、今がもっとも美しいのかもしれない。

トナカイの紐を引きつつ、出発。

リツハルドがまず拾ったのは、松ぼっくりだった。

「リツ、それは何に使うんだ？」

何か細工でも作るのかと質問したら、違うと首を横に振る。

「松ぼっくりから、松の実が採れるんだ」

松ぼっくりに実があったなんて、初耳だ。いったい、どこに隠れていたのか。

「松の実はね、松ぼっくりの皮に覆われる形で入っているんだよ。見せてあげよっか」

リツハルドは重なっている松かさを引き抜き、爪先で割る。すると中から、硬い種のようなものが出てきた。

「この殻をさらに割ったら、松の実が入っているんだ」

殻は手で割れないほど硬いようで、工具を使って割るらしい。リツハルドは石で殻にヒビを入れ、爪先でこじ開けた。

「やっと出てきたこれが、リスも大好きな松の実です」

「ああ、これは、見覚えがある。酒のつまみとして出されるものだ」

「そうそう！」

サッと炒るだけで酒のつまみになる他、ケーキやパンに混ぜて焼いたり、ソースに使ったり、スープに入れたりと、利用方法は多岐にわたる。保存も利くので、貴重な栄養源となるそうだ。

「松の実を取ったあとの松ぼっくりの芯は、焚き火の燃料としても使えるんだ」

「松ぼっくりが、燃料になるのか？」

「そう。これ、見てみて」

リツハルドが示したのは、割れた松ぼっくりから滲む白い物体。

「これはね、松脂っていう、油脂なんだ。これが、松ぼっくりというよりは、松の木自体にたくさん含まれているんだよね。昔の人達は、松明といって、松の木を束ねたものに火を点けて、照明として使っていたんだよ」

「なるほど。そういえば、暖炉に火を点けるときに重ねていたのが、松ぼっくりの芯だったのか？」

「そうそう。優秀な着火剤なんだよね」

秋になると、リツハルドは松ぼっくり拾いに勤しんでいたらしい。松の実も採れる上に、着火剤も得ることができる。大自然の恵みは侮れない。

「でも、松ぼっくりはしっかり乾燥させないと、大変なことになるんだ」

「大変なこととは？」

「松ぼっくりが開ききっていなかったり、完全に乾燥していなかったりすると、火をまとった状態で破裂することがあるんだ」

「そうなんだな」

「だからね、自然にある松ぼっくりを当日に火に焼べるなんてことは、危険行為かも」

「覚えておこう」

家の暖炉で使う松ぼっくりは、一年間乾燥させてから使っているらしい。今日拾った松ぼっくりも、使うのは一年後。気の長い話だが、何年も何年も、そうやって暮らしてきたのだろう。

地面を確認しつつ歩き、松ぼっくりを発見したら拾う。リツハルドは慣れたもので、歩きながら松ぼっくりを拾い、腰から下げたカゴに入れていた。簡単そうに見えて、歩きながら松ぼっくりを拾うのは難しい。

私が一つ拾う間に、リツハルドは三つ拾っていた。熟練の技なのだろう。

ふと気になってリツハルドのカゴを覗(のぞ)いたら、私が採った物とは比べものにならないくらいの松ぼっくりが入っていた。

「ジーク、どうかしたの?」

「リツは、松ぼっくり拾いの達人なんだな」

「長年やってきたからね。あ、そうそう。去年採った松の実で、クッキーを作ってきたんだ。そろそろ休憩にして、食べようか」

二時間くらい歩いただろうか。美しい湖の畔(ほとり)にたどり着く。色とりどりの紅葉が、湖の水面に映し出され、見たこともないような絶景が広がっている。

驚いたことに、紅葉は木々だけでなく、地面を覆い尽くすように生えるベリーの葉も赤く染まっていた。これが、湖と森の国の紅葉なのだという。

「本当に、きれいだな」

「ここの景色を、ジークに見せたかったんだ」

五年前に、発見したらしい。

「ずっと、独り占めしていたからね。見せるならば、大切な人にしようって、決めていたんだ」

「そうだったのだな。リツ、ありがとう」

「いえいえ」

トナカイは湖の水をごくごく飲んでいた。餌として持ち歩いていた苔も与える。

湖の畔に敷物を広げ、腰掛けた。松の実のクッキーを食べながら、美しい風景にただただ見とれていた。

「本当に、きれいだ」

「うん」

景色を眺めていると、遠いところまできたものだと、改めて思ってしまう。

冬は雪深く、命を脅かすほどの気候に驚いた。太陽が昇らない極夜を過ごす中、ここで暮らしていけるのかと不安になった。だが、その分、人の心は温かかった。

リツハルドを始めとする、たくさんの人達の協力で、なんとか冬を乗り越えた。

春になったら、一斉に森が目覚めた。緑がこれでもかと主張し、雪深かった季節と同じ国とは思えないほどだった。

雪解けのシーズンしか採れない白樺の樹液を採ったり、トナカイの出産に奔走したり。忙しかったけれど、充実した日々だったように思える。

夏は人も自然も輝く黄金の季節。太陽が沈まない白夜の期間は、まるで夏休みを過ごしているようなわくわくする気分を味わった。

そして、たった数週間しかないという秋は、ただただ美しい。心が洗われるような景色に、ため息がこぼれる。

もうすぐ、夫婦のお試し期間が終わる。

来年は本当の夫婦として、二人並んで見たい。そう、強く思った。


休憩後、野歩きが再開される。松の並木道の次は、栗(くり)の木が点々と生えていた。イガに包まれた栗が、あちらこちらに落ちている。

「あ、リス！」

リツハルドが指さした方向に、リスがいた。地面に栗を埋めていたらしい。

トナカイが「ぶるる」と鳴くと、走って逃げていった。

「ああやって埋めた栗は、真冬に取り出して食べるんだ」

「大自然の保存食、なんだな」

「でも、半分くらい忘れちゃうんだって。その栗が発芽して、森を作っていくんだ」

「では、この辺りはリスが広げた森なんだな」

「そうだね」

すべては食べきれないだろうから、少しだけ分けてもらう。リツハルドが栗の取り出し方を教えてくれた。

「イガイガは鋭いから、刺さないように気をつけてね。イガイガは、左右の靴の踵で踏んだら開くんだ。その隙に、火鋏で摑むと」

リツハルドはものの数秒で、イガの中から栗の実を器用に取り出した。これも、簡単そうに見えて難しいような気がする。

とりあえず、挑戦してみた。

「よっ……と!」

革靴はかなり丈夫で、栗のイガはいっさい通さない。踏んだら、イガがぱっくりと開いた。火鋏で摘まみ、革袋の中に入れる。

「実はね、このイガも、着火剤として使えるんだ。火の中に入れたら、ぶわっと火が燃え広がるんだよね。ただ、とげとげしていて危ないから、松ぼっくりが少なかった年に持って帰るくらいかな。肥料としても使えるようだけれど、土に還るまで二年から三年かかるみたいで。母はイガを煮込んで、草木染めをしていたなー」

「なるほど。このイガも、利用価値があるのだな」

「意外とね」

私はイガについての話を直立で聞いていたが、リツハルドは栗をイガから取り除きながら話していたことに気付く。慌てて私も栗の採集を再開させた。

「栗、おいしいんだよね。一番は、焼き栗だな」

「栗を、ただ焼くだけのものか？」

「そう。家族で野歩きに行ったとき、母方の祖父がいつも作ってくれて」

「家族の思い出の味なんだな」

「父が栗の皮を剝くのが下手で、祖父に剝いてほしいって頼み込むんだ。祖父は手のかかる婿だと怒りながら、栗の皮を剝いていたよ」

リツハルドの目は、遠くを見つめていた。

思い出の中の人々は、今、リツハルドの傍に誰一人としていない。その姿は、どこか寂しげで……。

こうして、一緒に野歩きができてよかったと、心から思った。

「ごめーん、なんか、しんみりしちゃった。いや、なんかね、祖父が亡くなったあと、父と二人っきりで栗拾いに行って、帰り道の途中で焼き栗を作ったんだ。そのときも、父は栗が剝けないって言い出して」

「剝いてあげたのか？」

「ううん。甘やかしたらいけないと思って、自分で剝いてって突き返したんだ。そうしたら、父が涙目になっちゃって。あのとき、剝いてあげていたらよかったなって。父はナイフやスプーンより重たい物を持ったことがない、お坊ちゃん育ちなのに」

なんと言葉をかけたらいいか、迷ってしまう。「いつか、父君のために、栗を剝ける日がくるさ」と言うのはなんだか違う気がした。

「父君と焼き栗の記憶を思い出していたのだな」

「そうそう。あれくらいでイラッとしてしまった自分も、随分若かったなって。ちょっと笑っちゃうよね」

家族がいなくて、寂しがっているのではないとわかったのでホッとした。

「あ、ジーク、ベリーがあるよ」

初夏から始まったベリーの季節であったが、秋に旬を迎える品種があるようだ。

「これが最後のベリー摘みかも」

艶(つや)やかで真っ赤な実を付けているのは、リンゴンベリーという品種。苔のように地を這(は)うように生え、ヤマモモに見た目が似ていることから、『コケモモ』とも呼ばれているらしい。

酸味が非常に強く、生食には向いていない。肉料理のソースに添えられていることが多かった。

「リンゴンベリーはソースと、シロップを作ろうかな」

シロップは酸味の強いものが完成するようで、菓子のアクセントとして使えるとのこと。他に、紅茶に垂らしてもおいしいらしい。

リンゴンベリーの採集を終え、ゆったりのんびり歩いていると、次なるベリーを発見する。

「あ、ジーク、見て。あっちにもベリーがある！」

他のベリーに比べて大粒の実が生るのは、クランベリーと呼ばれるもの。

収穫の最盛期はまさに今。雪が降り始めてからも、少しの間ならば収穫できるという。暑さに弱く、寒さにはめっぽう強いらしい。

これもリンゴンベリー同様地面を這うように自生し、ヤマモモに似ている上に、蔓に実が生ることから、『ツルコケモモ』と呼ばれているようだ。

「これも、生で食べてもおいしくないんだよね。ケーキに入れると、おいしいよ」

クランベリーの大半は乾燥させて、ケーキやパイに入れて食べるのだという。

「ベリーと一括りにされていても、品種によって甘さや酸っぱさ、食べ方や加工法が違うのだな」

「紛らわしいけれどね。ベリーのない生活は、考えられないよ」

「言われてみれば、そうだな」

今までベリーとは無縁の生活を送っていたが、今ではベリーなしの生活は考えられない。

肉料理にはベリーソースが必要だし、パンを食べるときはベリージャムをたっぷり塗りたい。

酒といったら、すっかりベリーの果実酒を思い浮かべるようになる。まったく不思議なものだ。

「よしっと。これくらいでいいかな」

今度は白樺の森に行き着いた。スラリと長く伸びた白い樹は、いつ見ても美しい。まるで、絵本の中の世界にいる気分にさせてくれる。

その光景に、リツハルドは驚くほど溶け込む。さすが、雪国の妖精だ。

「あ、ジーク、キノコがたくさん生えているよ」

白樺の樹の根に生えるのは、アンズタケ。おなじみの黄色いキノコだ。

「わー、すごい。こんなにたくさん。今年は豊作なんだなー」

あっという間に、革袋がいっぱいになった。

「ジーク、日が暮れる前に先に進もう」

「ああ、そうだな」

太陽が傾きかけたのと同時に、野営地に到着する。そこは木々に囲まれた開けた場所で、近くに湖もあった。

地面に杭(くい)を打ち、そこにトナカイを繋(つな)げる。荷鞍に積んであったテント道具を外し、一日運んでくれたことを労った。水と餌を与える。

「さて、じゃあ、準備をしますか」

「ああ」

まず、リツハルドは周囲の木を何本も伝わせて幹に縄を張る。それに、いくつも鈴をぶら下げていた。

「リツ、それは？」

「野生動物が縄に触れたら、音が鳴るでしょう？」

「接近を知らせるのか」

「そう。対策を取っておかないと、怖いからね」

もっとも危険なのは、熊だろう。熊はヘビが苦手なので、枝に縄をかけ、ヘビを模したものも仕掛けておくようだ。

「うちの祖父は一回、熊に遭遇したとき、ベルトをヘビに見えるように動かしてみせたら、回れ右をして逃げたらしいんだ」

「意外な弱点なんだな」

「個体にもよるだろうけれどね。人も、ヘビが平気な人がいるし」

秋は森の食料が豊富なため、熊のほうから人に近づくことは滅多にないという。

ただ、うっかり出遭ってしまうと、襲われることもあると。

「まあ、こちらの存在を知らせていたら、襲われる心配はないから」

もしも出遭ってしまったら、大きな声をあげない。それから、背中を向けて逃げない。この二点をしないだけで、生存率はぐっと上がるらしい。

「逃げるときは、ゆっくり、じりじりと後退（あとずさ）ること。まあ、実際に熊を前にしたら、混乱していて難しいとは思うけれど」

「そうだな。話を聞いていると、テオポロンがあっさり熊を狩るのが、信じられなくなる」

「まあ、テオポロンは、規格外の存在だろうね……」

森の頂点に立つ熊は、日々獲物を屠り、口元を血で濡らしているイメージがあるが、案外質素な生活をしているらしい。

基本的に、主食は木の実やベリー、キノコなどで、野生動物の肉はほとんど食べないのだとか。

「ま、そんな感じだから、よほどのことがない限り、人を襲うことはないってわけ」

稀に、川で魚を捕る個体もいるようだが、積極的にしているわけでもないと。

「でも、油断はできないと」

「そうなんだよね」

あっという間に日が暮れる。最近、日没が早くなった。

吹く風は、冷たさをじんわり含んでいる。冬の匂いを少しだけ感じた。

不思議なもので、あれだけ大変だった冬を待つ自分がいる。リツハルドとの楽しかった思い出がたくさんあったからだろうか。

「よし、今度は焚き火を作ろうか」

ここに来るまでに拾い集めた枝を重ね、焚き火を作る。あっという間に、火が上がった。

「リツは、焚き火を作るのも上手いな」

「そうかな？」

「私が初めての野外活動で焚き火を熾せと命じられたとき、着火することすらできなかったんだ」

道具は与えられた。方法も習ったのに、見るのと実際にやるのでは、天と地ほども違ったのだ。

「俺は、物心ついた頃から、いろいろ仕事を手伝わなければいけなくて。リューネブルク侯爵家の祖父の家に行ったときは、ぜんぜん働かなくてもいいから、どうしてこんなにも暮らしが違うんだろうなって、不思議に思うこともあったかな。でも、レヴォントレット伯爵家の祖父が教えてくれた仕事のすべては、生きる術で、絶対に必要なものだったんだ。この焚き火も、そのうちの一つ、かな」

強い風が吹いて、火の粉が上がる。暗闇の中に、鮮やかな赤が散った。

「今度はテントだね」

今日、持ってきたテントは、サフィーリに古くから伝わる住居用のテントらしい。その昔、サフィーリは『コタ』と呼ばれる三角錐の形のテントと共に、遊牧暮らしをしていたようだ。

作り方は実にシンプル。まず、敷物を広げ、周囲三カ所に骨組みを打ち付け、上から毛皮を被せる。これで、完成だ。中にも毛皮が敷いてあるので、かなり暖かいのだという。

「中はけっこう広いな」

「でしょう？」

毛皮はラベンダーの束をぶら下げると、獣臭さはなくなった。

「あの、ジーク」

「なんだ？」

「一晩、ここで一緒に眠るんだけれど、大丈夫？　あ、気になるんだったら、俺は外で眠るけれど」

リツハルドに言われて気付く。野営をしたら、そういう事態になると。何も考えずに、ここまでやってきた。

「夜は冷える。外で寝たら、風邪を引くだろう。私のことは気にしなくていい。一日中歩いていたから、ぐっすり眠れるだろう」

「そうだね」

リツハルドはホッとしたような、複雑なような、なんともいえない表情でいる。

もしや、一緒に眠ることになっても、平然としているように見えたのだろうか？

そんなつもりはない。軍の男共と雑魚寝（ざこね）するのとは事情が異なる。それを、言葉や態度で表すのは難しい。

シュンとするリツハルドに何か言葉をかけなければと思うが、残念ながら浮かんでこなかった。

「あ、食事の用意をしようか」

「そうだな」

鞄（かばん）から塩漬け豚を取り出し、水で軽く洗う。一口大にカットした。

鍋に丸ごとのジャガイモ、くし形切りのニンジン、塩漬け豚、水を入れてしばらく煮込む。

火力があるからか、ものの数分で鍋は沸騰し始める。

残りの塩漬け豚は鉄串に刺して、炙（あぶ）り焼きにした。続けて、木の枝に刺したマッカラも焼き始める。

「やっぱり、野営といったらマッカラだよね」

「定番だな」

今日はパンに挟んで食べるらしい。

バゲットに切り目を入れ、マッカラを挟む。そこに、チーズを炙ってトロトロに溶けた部分をナイフで削（そ）いで載せた。

「マッカラのチーズ載せパンの完成っと」

「おいしそうだ」

塩漬け豚も、脂を滴らせている。焼き色もしっかり付いていた。そろそろ食べ頃だろう。

スープはジャガイモが煮えているか、串を刺して確認する。問題ないようだ。

紅茶を入れ、食事の時間とする。

「よし、じゃあ、食べますか！」

「ああ」

塩漬け豚とジャガイモのスープは、味付けしていない。マスタードを付けながら、食べるらしい。まずは、スープだけ飲んでみた。

「あ、意外と味がしっかり付いているな」

「でしょう？」

塩漬け豚の塩味と、ジャガイモのほのかな甘みがスープに溶け込んでいた。マスタードを入れずとも、十分おいしい。

「でも、マスタードと一緒に食べると、さらにおいしくなるんだな」

リツハルドが言うとおり、マスタードを合わせてみる。ほんのちょこっと、ジャガイモに載せて食べてみることにした。

ジャガイモを切り分け、ナイフの背でマスタードを塗りつけて食べた。

これは――うまい。

塩漬け豚の塩けが染みこんだジャガイモに、マスタードのピリッとした風味がいいアクセントとなる。

「ジーク、どうかな？」

「おいしい。驚いた」

「でしょう？」

続いて、マッカラにチーズをかけたパンを食べる。これは、間違いなくおいしい。

ハードな歯ごたえがあるパンに、マッカラとチーズは最高の組み合わせだろう。

塩漬け豚の串焼きも、表面がカリカリで香ばしく、中はしっかり塩味が利いていてうまい。

リツハルドが赤ワインの栓を抜き、ククサに注いでくれた。野外で飲む酒は極上の味わいだった。途中から寒くなったので、乾燥果物とワインを煮込んだものをリツハルドが作ってくれる。

「体の芯から温まるようだ」

「よかった。あっ！」

「どうした？」

「今、流れ星が見えたんだ」

夜空を見上げると、地平線まで広がる美しい星々があった。今の今まで気付かなかったなんて。

「きれいだ」

「そうだね」

星空を眺めながら、温かいワインを飲む。とても、贅沢（ぜいたく）な気分をじっくり味わった。

「なんか、しょっぱいおつまみがほしいかも」

リツハルドはぽつりと呟き（つぶや）、鞄の中をゴソゴソ探って革袋を取り出す。中に入っていたのは、アンズタケ。これで一品、何か作るらしい。

鍋にバターを落とし、溶けきる前にアンズタケを入れる。ふわりと、アンズタケの香りが漂ってきた。この匂いだけで、酒が飲めそうだ。

アンズタケはしっかり加熱し、最後に黒コショウをかける。

「キノコのバターソテーの完成！」

アンズタケはアンズの香りに似ていることから、名付けられた。当然、ワインとの相性もいい。

どんどん酒が進んでしまう。

「ジーク、どう？」

「最高だ」

「よかったー。まだ、お腹に余裕はある？」

「まあ、あるといえばある。何か作るのか？」

リツハルドは笑顔で頷いた。夜のお楽しみはこれだけではないらしい。

「今から、焼き栗を作ります」

焼き栗を作る際、もっとも気をつけなければならないのは殻の破裂。そのままの状態で焼くと、大変なことになるらしい。

「だからね、こうやって栗に十字の切り目を入れてから焼くんだ」

二人で、せっせと栗に切り目を入れていく。ナイフを入れるとき、渋皮までしっかり切らないと破裂してしまうようだ。

「渋皮を切らなかったら、旨みが閉じ込められる蒸し焼き状態になって、最高においしいんだけれどね。まあ、危ないから」

おいしさよりも安全を。そんな話をしつつ、ナイフで殻を割る。準備が整ったら、鍋に栗を入れて炒った。

しだいに、香ばしい匂いが漂ってきた。殻が浮き、実の黄色が見えてくる。

「もうね、これをするために秋の野営に来ていると言っても過言じゃないんだよね」

「そんなにおいしいのか？」

「うん、おいしい」

だんだんと、栗の殻が黒く焦げてくる。中身から、汁があふれ出てきた。

三十分ほどで、栗は焼ける。手袋を嵌め、殻を剥いた。切り目を入れていたおかげで、すぐに剝ける。

きれいな黄色の実が、殻からでてくる。ふんわりと、甘い匂いが湯気とともに漂ってきた。

ふーふーと冷ましてから、頬ばる。

十分冷ましたのに、まだ熱かった。舌の上ではふはふと冷ましながら、栗を味わう。

食感はホクホクで、驚くほど甘かった。今まで食べたどの栗よりも、おいしい。

「本当に、おいしいな」

「でしょう？」

食べる手が、止まらない。一生懸命拾った栗は、極上の味わいだった。

星空と焼き栗と、おいしい赤ワイン。

最高の秋の夜長は、あっという間に更けていく。

近くの湖で歯を磨き、顔も洗った。風呂は、帰宅後に入るしかない。一応、水に濡らした手巾で腕と首筋だけ拭いておく。

テントに戻ると、リツハルドがなぜか正座をして待っていた。

「どうした？」

「あ、いや、一緒に寝るの、初めてだから緊張するなって」

「私も、実は緊張している」

「え⁉」

追及されたら困るので素早く中に入り、寝転がった。リツハルドも、隣に横たわる。

「ジークでも、緊張とかするんだ」

「リツは、私をなんだと思っているのだ」

「余裕ある大人（おとな）の女性」

「余裕なんて、ない」

あまり顔に感情が出ないので、そう見えるだけなのだろう。

軍にいる間は、他人に隙を見せられない状況にあった。弱気に気付かれたら、すぐにバカにされる。それだけは、私の立派とはいえない矜持（きょうじ）が許さなかったのだ。

けれど、唯一、リツハルドにだけは隙を見せていいのではないか。そんなふうに思えるようになっていた。

ぽつり、ぽつりと、今まで感じていた心情を語る。

「私は、男ばかりの社会で生きてきた。ただ、自分が男だったらとか、男になりたいと思ったことは一度もないが、女である自分に自信があったわけではなかった」

だから、リツハルドに求婚されたとき、結婚してくれる男がいたことに安堵したというよりも、戸惑いが大きかった。だからこそ、仮の結婚を提案したのだ。

「妻としての役割を、まっとうすることなんてできない。そう思っていたが――」

この、豊かな大自然に囲まれた土地は、私が軍人であった経験が生かされるような厳しさがあったのだ。

「ここは、私みたいな人間が生きることを許される大地だ。それに気付いた瞬間、嬉しくなった」

適応できたことに安堵しつつも、今度は別の問題が浮上する。

「リツに嫌われたらどうしようとか、そんなことを考える日もあった」

「ジークを嫌うなんて、ありえないのに」

「ありがとう」

嫌われなかったとしても、愛の形が男女の間にあるものでなかったらどうしようとか、割と悩みは尽きなかった。

そのような状況で、今日まで共同生活をしてきたのだ。

「ごめん。ジークがそんなふうに、不安に思っていたなんて。俺が、言葉足らずだったから」

「言葉足らずなのは、私のほうだろう。一言、リツに問いかければよかっただけだ。嫌な部分があれば意見してくれと。それが、言えなかっただけで」

三十も過ぎてしまえば、生き方なんて変えられるわけがなかった。もしも、私という存在の根本が嫌だと言われたら、直しようがない。

「いやいや、ジークリンデさん。嫌な部分なんて、ないよ。ジークみたいな素晴らしい女性が傍にいてくれる俺は、世界一の幸せ者だと思っていたし」

「だったら、よかった」

いつになく穏やかな気持ちで、瞼を閉じることができた。

一日中歩きっぱなしの上に、慣れない採集をしていたからか、すぐに意識は遠退いていった。

翌朝、鳥のさえずりで目を覚ます。リツハルドは、いまだ夢の中。毛布を被らずに、抱きしめて眠っていた。

「はっくしょん!!」

案の定、風邪を引いている。毛布を被せてあげた。

外は太陽が顔を出し、すっかり明るくなっていた。どうやら随分と、ぐっすり眠っていたようだ。

ひんやり冷えているが、空気は清々しく、気持ちのいい朝である。

焚き火はいまだ、燃えていた。リツハルドが、夜中も枝を焼べ続けていたに違いない。もう少し、寝かしておこう。

トナカイも早起きで、大きく口を開いて欠伸をしていた。新しい水と餌を与える。

「今日も一日、頼むぞ」

そう話しかけたら、「グウー」と返事をするように鳴き声をあげてくれた。

マッカラとジャガイモを煮込んで、スープを作ってみた。マッカラは切らずに入れたので、皮が張ってパツンパツンになっている。なかなかおいしそうにできた。

「ジーク、おはよー」

「おはよう、リツ」

リツハルドが目をしょぼしょぼさせながら起きてきた。

「あ、スープ作ってくれたんだ。嬉しい!」

「早く目が覚めたからな。食べようか」

「うん!」

マッカラをフォークで刺すと、ブツンと皮が弾ける。齧ったら、パキンと音が鳴った。

ジャガイモはいい具合に煮えていて、スープの旨みをよく吸い込んでいる。

「ジーク、これ、すっごくおいしい！」

「それはよかった」

スープを飲みきるころには、体がぽかぽかになっていた。

テントを畳み、獣察知の縄を回収する。無事、一夜を明かすことができてよかった。

トナカイに荷鞍を載せて、テントを積む。荷物も鞄の中に詰め込んだ。

「よし、ジーク、出発しよっか」

「ああ」

来た道とは別ルートで帰るようだ。こちらはベリーとキノコが豊富な道らしい。

冬に備え、食料を採集していく。

村に戻ったころにはくたくただったが、充実感で心が満たされていた。

✕✕✕

ある秋晴れの午後、犬の散歩に出かけようと外に出た瞬間、澄んだサファイアのような瞳と視線が交わる。

「なっ!?」

青い目に、美しい銀色の髪を持つ赤子が、ゆりかごに寝かされた状態で玄関の前に置かれていたのだ。

扉を大きく開いたら、赤子に当たっていただろう。ゾッとしてしまう。

赤子はくりくりとした愛らしく大きな瞳で私を見上げ、にっこり微笑(ほほえ)んだ。抱き上げると、革を石で引っ掻(か)いて刻んだメッセージが残されていた。

――あなたの子どもです。

そう、書かれている。

すぐさま、家の中で毛皮の手入れをしているリツハルドのもとへ運んだ。

「リツ、ちょっといいか？」

「ん、ジーク、どうしたの？」

「この赤子が、家の前に置かれていたのだが」

「は!?」

リツハルドは目をまん丸にしながら立ち上がり、赤子を覗き込む。

「え、どこの家の子？」

「革に、伝言が入っていたのだが」

「ナニナニ……あなたの子どもですって、えー!!」

リツハルドは真剣な面持ちで、「俺の子じゃない」と訴える。

見たところ赤子は一歳になったかなっていないかで、歯もしっかり生えていた。

この子がもし、リツハルドの子でも、私との仮の結婚期間は他の女性に手を出していないので、なんら問題はない。

「だから、気にするな」

「いやいや、本当に、俺の子じゃないから。心当たりは皆無です！」

リツハルドは涙目で訴える。見比べたらそっくりなのだが、青い目に銀色の髪はサフィーリの特徴だ。似ているのもなんら不思議ではない。

「そうか。リツの子どもでは、ないのだな」

「命を賭けてもいいよ」

「わかった」

次なる問題は、これがどこの子どもなのか、ということだろう。

「ちょっと見せて」

リツハルドが抱き上げた瞬間、赤子はワッと泣き始める。

「え、ジークじゃなきゃダメってこと!?」

「いや、違う。おしめが濡れているか、空腹なのかもしれない」

「あ、そっか！」

赤子は泣くことでしか、感情を伝えられない。おしめは問題なかったから、空腹なのだろう。

しかし、赤子がどんな物を食べるのか、皆目見当がつかなかった。

ここで、困ったときの土産屋のおかみである。

「おかみさん、ごめん。赤ちゃん用の食事ってある？」

「おやおや、どうしたんだい、領主様」

「誰かがうちに、赤ちゃんを放置したんだ」

「そうかい。それは、大変だったねえ」

店に赤子用の食事は置いていないが、おかみが離乳食を作ってくれるという。

まず、ふかしたジャガイモを潰し、オートミールを加える。そこに牛乳を入れ、鍋で温める。

冷ましたら、離乳食の完成だ。

おかみは慣れた手つきで、赤子に離乳食を食べさせる。すると、赤子は泣き止んでパクパク食べ始めた。

「いったいどのくらい一人で、うちの玄関にいたのだろうな」

「まったく、酷いことをするよね」

おかみが作った離乳食がよほどおいしかったのか、にこーっと微笑んでいた。

「可愛いな」

「うん、すっごく可愛いね」

思いがけず、赤子に癒やされてしまった。

「それで、この子をどうするんだい？」

「どうするもこうするも、見捨てるわけにはいかないから」

ひとまず、一時的に面倒を見るという。

「うちの村の子どもじゃないとなれば、赤、緑、黄色、どこのサフィーリの子どもなのか」

身に着けている服やゆりかごからは、どこのサフィーリであるかも摑めない。出身がわかるような品は一切なかった。

「明日、緑と赤のサフィーリの村に行って、村長に相談してみるよ」

「じゃあ、私は、誰か知らないか聞いてみるよ」

「お願いします」

その後、土産屋で赤子のおしめやら、子ども用の食器やらを購入する。赤子の面倒を見るなんて、初めてだ。きちんとできるのか心配だが、やるしかない。

念のために、おかみから赤子の一日のタイムスケジュールを聞いておく。

「個人差があるから、はっきり言えるわけじゃないけれど——朝は大人と同じように食事をさせて、お昼まで遊んだり、お散歩させたり。昼食後はお昼寝、そのあとは外で遊ばせたり、お散歩させたり。夕食を与えたあとお風呂に入れて、寝かせる感じだろうか」

眠れなかったり、機嫌が悪かったりと、泣くパターンはいくつもあるという。忍耐強く接してほしいと言われた。

「わからないことがあったら、深夜でもいいから聞きにきておくれ」

「おかみさん、感謝します」

「いいってことよ」

おかみに深々と頭を下げ、赤子を抱きながら家に戻る。庭に踏み込んだ瞬間、また泣き始めた。

「うわっ、今度は何だろう？」

「今度こそ、おしめか？」

「いや、臭いはしない」

あやしても、泣き止まない。困っているところにひょっこりと現れたのは、テオポロンだった。

「あ、テオポロン、ごめんね、賑（にぎ）やかで」

テオポロンは泣きじゃくる子どもを覗き込み、こちらに渡すようにと腕を伸ばす。

「え、テオポロン、赤ちゃん抱きたいの？」

リツハルドが差し出すと、テオポロンは赤子を高く持ち上げた。すると、赤子は泣き止んだ上に、笑い始める。

「きゃっ、きゃっ！」

「すごい、テオポロン。子守の天才なのでは？」

ルルポロンとミルポロンもやってきて、嬉しそうに赤子を見つめていた。ランゴ一家は、子どもも好きのようだ。加えて、子ども受けがいい。

ルルポロンが胸に抱くと、赤子はホッとした様子を見せていた。そして、拙い言葉で呟く。

「アイティ……」

「あ、そっか。一歳くらいだから、もうしゃべれるか」

アイティとは、母という意味である。

母親が、恋しくなったのか。人見知りをしない子だが、だからといって寂しくないわけがない。

こんなにも可愛い子を、どうして置き去りにしたのか。理解に苦しむ。


赤子を迎え入れた我が家は、てんやわんやの一夜を迎える。

まず、赤子は摑まり歩きをすることができ、どんどん歩き回った。大人だけが長年生活していた家は、幼子への配慮がまったくされていない。工具や細工に使う道具など、慌てて回収して回った。

大人しくなったかと思えば、一瞬目を離した隙に姿を消した。リツハルドと二人、真っ青になりながら家中捜し回る。長椅子の裏で丸まって眠る姿を発見した瞬間、膝から頽（くずお）れる。

なぜ、こんなところで眠っているのか。しかし、愛らしい寝顔を見ていたら、どうでもよくなった。

赤子を胸に抱き、長椅子に腰掛ける。子どもの体温を感じていたら、私までウトウトしかけた。

「ジーク、抱っこ代わろうか？」

「すまない」

このままだったら、本当に眠ってしまいそうだった。赤子を、リツハルドへ託す。

「赤ちゃん、可愛いね」

「ああ、可愛い」

その言葉を、今日一日だけで何回繰り返したかわからない。本当に可愛いのだから、仕方がない。

「なんか、うちの子になっちゃいなよって、言いたくなるけれど、この子にとっては、本当の家族のもとで暮らしたほうが、幸せなのかな？」

「わからないな」

もしも誘拐されて置かれたのならば、今すぐにでも家族に返すべきだ。

しかし、家族の誰かが子どもを捨てたのならば、返すべきではないだろう。子どもの存在を疎むなど、絶対に許されるべきではない。

「冷静になって考えたら、伝言が書かれていたのは、羊の革だったんだよねえ」

「羊を家畜として飼っている家の可能性があると？」

「そう。だとしたら、たぶん、赤のサフィーリは違う。あそこは漁業をして生計を立てる村だから、家畜を飼っていない」

「緑のサフィーリ、か」

「たぶんね。また、村長の家に押しかけなければならないのか。なんだか悪いな」

「仕方がないだろう」

「そうなんだけれど」

とりあえず、早期解決しそうだ。

「でもなんで、あなたの子どもです、なんて伝言を残したのかなー」

「領主の家に預けていたら、生活に困らないと思ったのかもしれないな」

「えー、うちなんて裕福な暮らしなんてしていないし」

「でも、心は豊かだろう？」

「ジークがいるからね」

まさかの返しに、照れてしまう。

リツハルドは赤子の頬を、手の甲で優しく撫でる。目は、とろけそうになっていた。目に入れても痛くないという感じで、眠る赤子を見つめている。

リツハルドが子ども好きなのは村人の子とふれあう様子から把握していたが、思っていた以上に好きみたいだ。

腕を組み、考える。果たして、私は彼の子どもを産めるのかと。

戦場で泥だらけとなり、全治三ヶ月ほどの大怪我（けが）も負ったことがある。私の体が子どもを出産できる状態にあるのか、調べる術はない。

それに、リツハルドの家の家系は、子どもが生まれにくいという話を聞いていた。奇跡が起きない限り、妊娠しないだろう。

この赤子は、手放さないほうがいいのか。もう二度と、胸に子を抱くことはないのかもしれない。

「うーん。可愛い。可愛いけれど、やっぱり俺、子どもを育てる自信はないや」

「それは、なぜ？」

「だって、まだ、人として未熟者だから。……ジーク、どうして、悲しそうな顔をしているの？」

「しているのか？」

「うん」

感情を隠しきれていなかったようだ。こうなったら、話すしかない。

「私は、自分の体を大事にしていなかった。そんな状態で、子どもなんて産めないだろうなって、考えていたのだ」

リツハルドはなんと言葉を返していいのかわからないのだろう。眉尻を下げ、困った表情で私を見つめる。

「反応しづらい話をしてしまい、すまなかった」

「ごめんね、どういう言葉を返したらいいか、わからなくって」

「いや、いい。口にしたらなんとなく、胸の中のモヤモヤが薄くなったような気がした」

リツハルドと二人でしんみりしていたら、ドンドンドン！　と、扉が勢いよく叩かれた。

「ジーク、俺が出てくる。赤ちゃんをお願い」

「ああ」

リツハルドと共にやってきたのは、若夫婦だった。年頃は二十歳前後だろうか。

赤子を抱く私に気付いた瞬間、夫婦は同時に駆けてくる。

「ああ、よかった！」

「本当に」

夫婦はポロポロと、涙を流していた。安堵した表情で、赤子を見つめていた。

赤子も、嬉しそうに夫婦へ手を伸ばしている。

「なんと、お礼を言って良いのやら」

「ありがとう、ございます」

夫婦は深々と頭を下げる。どうやら、いろいろと事情がありそうだった。

夫婦は一日中駆け回っていたようで、ルルポロンが出したベリージュースを一気飲みしていた。

続けて二杯飲んだあと、夫のほうが事情を話し始める。

「私どもは、緑のサフィーリの一族です。実は、私と妻は両親から結婚を反対されておりましたが、押し切って夫婦となりました。翌年には子どもも生まれ、幸せに暮らしていたのですが――」

両親とは別居をしていたようだが、妻が度々嫌がらせを受けていたらしい。

もう我慢の限界だと、村を出ることを決意したようだ。大荷物を抱え、港町へと向かい、船が着くまでひと休みしていたらしい。一瞬、妻が目を離した隙に、子どもは誘拐されてしまったようだ。

「一日中港町を捜し回っていましたが、見つからず。困る私達を、両親が見つめていました。もしかしたら、両親が子どもをどこかにやったのかもしれないと問い詰めた結果――」

青のサフィーリの領主が、子どもを引き受けるという噂話を聞いたので、託したと白状したという。

「犬の子どもの引き受けはしているけれど、子どもの引き受けはしていないのですが」

「両親がどこかで、聞き違えたのでしょう」

話を聞いてすぐに、やってきたのだという。

「余所に移住するから、サフィーリの服やゆりかごは使っていなかったのですね」

「ええ。村の習慣や文化はすべて捨てて、新しい環境で暮らそうと思っていたので」

「そう、でしたか」

とにかく夫婦は疲れている様子だった。赤子共々レヴォントレット伯爵家に宿泊するように勧め、ルルポロンの料理をお腹いっぱい食べさせ、休んでもらった。

翌日、夫婦を見送る。

「領主様、本当にお世話になりました」

「このご恩は、忘れません」

新天地での生活に祝福あれと、願いを込めて旅立つ背中を見つめていた。

赤子がいなくなった家は、驚くほど静かに感じられた。

「なんていうか、大変だったね」

「そうだな」

「でも半日くらいしかいなかったのに、なんだか寂しいよ」

赤子用に買った食器やおしめも、一回も使わなかった。

「ジーク、それ、返品できると思う？」

「いいだろう、家に置いていても。また、使うかもしれないし」

「えっ!?」

「犬の子どもを引き受ける噂を、子どもを引き受けると勘違いした人が、赤子を連れてやってくるかもしれないだろう？」

「ええっ。もー、それは勘弁！　今回の件も、ジークが信じてくれたからよかったけれど、関係に亀裂が入るような大事件だからね」

「そうだな」

二度と起こらないでほしい事件だったが、ほんのちょっとだけ母親気分が味わえたのはよかった。
子どもの温もりや愛らしさは、一生忘れないだろう。
その日の晩、私は夢を見る。
それは、五人の子どもに囲まれて、てんやわんやになる夢だ。
賑やかで、楽しくて、大変だけれど夢の中の私は幸せそうだった。
五人も産むなんて、ありえないだろう。
母が十人も子どもを産んだから、こんな夢を見てしまったのだろうか。
五人もいなくていいから、一人くらいは私達のもとへ来てくれないだろうか。
ただの夢なのに、そんなことを思ってしまった。

××××

リツハルドの新婚記録帳 その四

××××

毎年、秋になったら狩猟が解禁され、冬支度に奔走するという日々を送っていた。

厳しい冬や、太陽が昇らない極夜を迎えなければならないので、必死になって食料を保存するのだ。

ただ、ジークと過ごす秋は、今年で最後かもしれない。バタバタと忙しく暮らすだけでは、もったいないだろう。

そう思って、泊まりがけの野歩きを提案してみた。

祖父が生きていたころには、秋の定番の行事だった。けれど、祖父が亡くなってからは、父が「面倒だから、行きたくない」とごねたので、日帰りで栗（くり）や松ぼっくりを拾いに行くばかりだったのだ。

幼少期は、秋の野歩きが楽しみでたまらなかった。家族全員で出かけることはないし、母が作ってくれたお弁当や、祖父が焼いてくれた栗が驚くほどおいしくて……。

ジークにも、楽しい思い出を残してほしくて提案した。

彼女は「了解した」とキリリとした表情で頷（うなず）き、ナイフや銃器の手入れを始める。

間違ってはいないけれど、なんだか演習に行く雰囲気になってしまった。さすが、元軍人である。一泊用の荷造りは驚くほど迅速だった。

犬やトナカイの世話をランゴ家に任せ、一応、念のために土産屋のおかみさんに泊まりがけの野歩きに出かけると伝えておいた。これで、何かあったときに「領主がいない！」と大騒ぎになることはないだろう。皆、何か問題が起きたら土産屋のおかみさんに話を聞きに行くのだ。

いつも、頼りにしている。

森はすっかり紅葉していた。今が一番の見頃だろう。ジークは美しい木々の彩りを見て、きれいだと呟く。俺は、ジークを見ながら「そうだね」と返す。

この一年の間に、ジークは出会ったとき以上にきれいになった。何がそうさせているのかはわからない。どんどん変わっていくジークの隣にいながら、どこかの誰かにかっ攫われてしまうのではと不安になった日もある。

まあ、ジークが物語のお姫様のように連れて行かれることはない。けれど、俺より甲斐性のある男に心惹かれ、出て行ってしまうのではと、ついつい考えてしまうのだ。

もやもやと思い悩んでいる中でも、手はサクサク動く。ジークに松ぼっくり集めが速いと、褒められた。少しは甲斐性をアピールできただろうか。松ぼっくりを集めるのが速いというだけでは、いささか微妙かもしれないが。まあ、何もないよりはいい。

松ぼっくり集めのあとは、栗拾いだ。イガを踏んで、実だけを持ち帰る。イガもいろいろと利用価値はあるけれど、とげとげしていて危ないので今回は見送っておく。

ジークは栗を拾う様子ですら、かっこよく美しい。俺に絵心があったら、栗を拾う精悍なジークを描きたいくらいだ。

ジークと過ごす秋はこれで最後かもしれないのだ。いろんなジークを見たい。

そう思ってじっと見つめていたら、「腹が空いたのか？」と聞かれてしまう。俺の切ない想いは、空腹状態と勘違いされてしまった。

予定通り、野営地にたどり着いた。久々に来たこの地は何も変わっちゃいない。

昔から猟師をやっていた祖父が見つけた、とっておきの場所だ。いつも行き来する森では、恐ろしくて野営なんかできない。

何でも、この辺りは凶暴な野生動物が出ないらしい。祖父曰く、精霊の守護があるのだと。

道中に見かけた糞は、どれも小型動物のものばかりだった。大型動物の糞や、木の幹にある引っ掻き痕はまったくない。

だからといって、安心はできない。野営する範囲に縄を張り、鈴を吊す。これで、野生動物が近づいたとき、音が鳴って気付くことができるのだ。

ここは大自然の中。何が起こるかわからないので、対策は十分に行った。

焚き火を点けると、心がホッと落ち着く。この火は、朝まで絶やさないようにしなければならない。

続いて、テントの用意をする。遊牧民時代に使っていた、三角錐状のコタと呼ばれるものである。ここで、一晩ジークと過ごすのだ。

　一応、一緒のテントで眠っていいか、ジークの気持ちを確認しておかなければならない。嫌だと言われたら、一晩中火の番をしていよう。そう思って聞いたのに、ジークはここに来て初めて一緒に寝ると気付いたような顔をする。

　絶望的なまでに、意識されていない。そんな中で、ジークは一晩共に眠ることを了承してくれた。ここまであっさり「問題ない」と言われると、落ち込んでしまう。

　きっと、ジークは孤高の鷲のような存在で、俺は埋めた木の実の存在も忘れてしまうリス的な存在なのだろう。取るに足らない相手なのだ。

　しょんぼりしたが、すぐに気持ちを入れ替える。せっかくここまで来たのだ。少しでも、楽しまなければ。

　料理を食べ、食後の甘味として栗を味わい、とっておきのワインを飲む。楽しい時間はあっという間に過ぎていった。あとは、眠るばかりである。

　顔を洗いに行ったジークを待つ間、ありえないくらいドキドキした。この気持ちは、アレだ。初夜の晩、夫がやってくるのを待つ新妻みたいな。

　……いや、俺、男だけれど。

　戻ってきたジークを前にカチンコチンに緊張していたら、不審な視線を浴びる。正直に緊張していると伝えたら、ジークも頷いた。なんと、彼女も緊張していると。

ジークはすぐに横たわる。俺もそれに倣い、少し離れた場所に横たわった。

それからジークは、ポツリ、ポツリと心の内を語ってくれる。今までいろいろと思うことや感情を揺さぶられることがあったようだが、なかなか表情に出せなかったらしい。というのも、ジークは男所帯である軍の中で生きてきた。感情を剝きだしにすると、それが彼女自身の隙となってしまうようだ。

ジークも、俺に嫌われないかと不安に思うことがあったらしい。絶対に、ありえないのに。

どうやら俺達は、お互いに言葉足らずだったらしい。これからは、感じた気持ちをすぐに伝えていけたらいいな。


そんなわけで、無事、秋の野歩きは終了となる。松ぼっくりや栗、ベリーやキノコなど、豊富な食材を集めることができたし、ジークについてより理解を深められた。

願わくば、来年もジークと一緒に野歩きしたい。

ささやかな願いである。

ミルポロンのお仕事

ランゴ家の朝は早い。まず、家長であるテオポロンは日の出前に起き、朝の狩猟へと出かける。

ルルポロンは朝食の準備に取りかかり、ミルポロンは洗濯を行う。

地平線に太陽の光がうっすら差し込むころ、テオポロンは狩猟から帰ってきた。今日は鹿を一頭仕留めたようだ。手早く解体し、家に戻ってくる。

家族揃(そろ)ったら、朝食を取る。

食卓に並ぶのは、テオポロンが仕留めた熊料理。ホロホロになるまで煮込んだシチューに、薄焼きのパンを浸して食べる。

普段、テオポロンは寡黙だが、ルルポロンの食事は毎朝絶賛している。口数が少ない分、喋(しゃべ)るときはよく喋るのだ。

何度褒められても、ルルポロンは満更でもないらしい。頬を染めて、嬉(うれ)しそうに微笑(ほほえ)んでいた。

この通り、テオポロンとルルポロンの夫婦仲はかなり良好だ。ミルポロンはそんな両親を見ながら、いつか自分も夫となる男性に料理をふるまい、褒めてもらえる日がくるのかと、ぼんやり夢見る。

太陽が昇りきる前に、一家はレヴォントレット伯爵邸に出勤する。

ミルポロンがまず最初に行うのは、犬の餌作り。冬は雪の中に埋めて凍らせておいた狩猟肉を取り出し、外にある簡易台所でぐつぐつ煮込む。主に、鹿肉を与えている。

茹(ゆ)で上がった肉は雪で冷まし、犬に持って行く。待ちきれなかった犬は尻尾を千切れそうなほどブンブン振って、鹿肉を食べていた。

餌に気を取られている間に、糞(ふん)や尿が染みこんだ干した藁(わら)を回収し、新しいものを広げる。水も、きれいなものに取り替えた。

続いて、トナカイの餌を与える。干し草と穀物を混ぜたものを、解(ほぐ)しながら与えた。

トナカイが食事に夢中になっている間に、ブラッシングしながら健康状態を探る。皮膚がただれていないか、怪我(けが)をしていないかを調べるのだ。

トナカイ小屋も、干した藁を入れ替えた。トナカイはごろんと寝転がり、藁に体をすりすりとこすりつけていた。せっかくブラッシングしたのに、すぐこれだ。トナカイは新しい藁の匂いが好きなのだ。

犬は食事が終わったあとに一頭一頭、健康状態を調べる。食事を邪魔すると、噛(か)みつく個体がいるからだ。ソリ犬はともかく、猟犬は気性が激しい。扱いには十分注意が必要だった。

夏期は犬とトナカイの世話に加えて、鶏の世話もしなければならない。卵の回収と、小屋の掃除、餌やりと、せっせとこなしている。

動物の世話が終わったら、薪割りをする。もっともミルポロンが好きな仕事だった。一撃で割れると、スッキリする。いつまでもできる仕事だ。

薪割りの最中、領主夫妻が揃って出かける。二人とも、嬉しそうに並んで歩いていた。

ミルポロンの周囲にいる夫婦は、みんな仲良しだ。羨ましくなる。

あっという間に、昼下がりとなった。ランゴ家は遅めの昼食を取る。毎日、庭に敷物を広げて食べるのだ。

薄く焼いた小麦粉の生地に、甘辛く煮込んだ熊肉を巻いて食べる料理を、ルルポロンが朝から作っていた。

ミルポロンは熊の脂身が大好きなので、たくさん入っているものが手渡される。

かぶりつくと、脂身の甘さが口いっぱいに広がった。熊肉は、驚くほど軟らかい。

一気に食べ、指先に付いたタレを舐めていたら、両親にじっと見つめられていることに気付く。

もっと食べなさいと、テオポロンが持っていた物を手渡されてしまった。ルルポロンからは、喉に詰まるからと薬草茶を手渡される。恥ずかしいと思いつつも、おいしく食べた。

午後からは、あまり仕事はない。テオポロンの武器の手入れを手伝ったり、ルルポロンと一緒に家を掃除したり。比較的まったりと過ごす。

買い物を頼まれ、土産屋まで駆けて行った。土産屋のおかみは言葉はなくとも、あれこれと察してくれる。異国人であるミルポロンにも親切だった。

買い物を終えると、どこからともなくミルポロンに近づく男が現れた。

領主と同じく、銀髪に青い目を持つルカという青年は、事あるごとにミルポロンへちょっかいをかけるのだ。

ただ、それだけではなく、森で出会ったときは獲物を分けてくれたり、ベリーやキノコをくれたりすることだってある。面倒見がいい男なのだ。

からかうときも、顔を真っ赤にさせているので、恥ずかしいのだろう。ミルポロンはそう思っている。いつか、仲良くおしゃべりできる日が訪れたらいいなと、考えていた。


休憩時間、ミルポロンは庭で一人、日向(ひなた)ぼっこをしていた。近くにあった木の棒で、幼い日の記憶にあったテオポロンの姿を思い出しながら描く。

かつてのテオポロンは、馬に跨(また)がって果敢に狩りをしていた。その姿は、震えるほどかっこよかった。

長年テオポロンの相棒を務めていた馬は、旅をする中で路銀を得るために泣く泣く売ってしまったのだ。

もう一度、馬に跨がる父を見たい。そんなことを考えながら、地面に描く。

『あれ、ミルポロン、それ、テオポロン？　上手だね』

いつの間にか、領主夫妻が帰ってきていた。何を言っているのかわからないが、ミルポロンの絵を褒めているというのはわかる。

『あ、テオポロンは馬に跨がっていたのかー。カッコイイなー』

父親までも褒められているような気がして、嬉しくなった。ありがとうと伝えると、領主夫妻は揃ってにっこり微笑みを返してくれた。


後日、驚くべきことが起きる。なんと、領主夫妻が大きな馬を連れ帰ってきたのだ。

それを、テオポロンへ託そうとしている。

『長年頑張ってくれているテオポロンに、特別手当を用意したんだ。喜んでくれたら嬉しいな』

領主は馬とテオポロンを何度も指さし、どうぞと手渡す仕草を取る。

馬を、贈ってくれるというのだ。

『この馬は雪の上も走れる、寒さに強い子でね。体も大きいから、テオポロンにぴったりだと思って』

馬は首ががっしりしていて、毛はふかふか、足は驚くほど太い。これならば、二人跨がってもびくともしないだろう。

テオポロンは馬が自分に与えられたことを理解すると、ポロリと涙を零(こぼ)した。

馬は生涯の友で、家族が生き抜くために泣く泣く手放したのだ。そんな馬と、再び出会えたのである。ミルポロンまでも、嬉しくなって泣いてしまった。

領主夫妻の気遣いに、心から感謝する。

それからというもの、テオポロンはルルポロンとミルポロンを日替わりで遠乗りに連れて行くようになる。馬を駆るテオポロンは活き活きしていた。そして、いつも以上に勇ましくも見える。

ミルポロンはそんな父親を誇らしく思った。

番外編一　ジークリンデのひとりごと　～暖炉の前の舞踏会～

夜、暖炉の火がパチパチと鳴る部屋で、リツハルドと過ごす。

「ジーク、これ、五年物のあんず酒！　さっき発掘したんだ」

リツハルドが作った手製の酒は、驚くほど美味しい。五年物ということは、熟成されてさぞかし味が深まっていることだろう。

「しかし、いいのか？」

「ん、何が？」

「良い酒なのだろう？　何か、特別な日に飲むとかしなくてもいいのかと思って」

「う～ん、じゃあ、今日は五年物のお酒を見つけた記念日！　ということで」

リツハルドの提案に、思わず笑ってしまった。

あんず酒は、ククサに注がれる。琥珀色で、とろりとしていた。

リツハルドは、砂糖を入れた炭酸水であんず酒を割っている。

「これ、土産屋に卸そうと思って、キツめに作ったんだよね」

村の男達は酒に強いようだ。一方で、リツハルドはすぐに真っ赤になる。

「たぶん、ジークが好きな感じに仕上がっていると思うな」

「楽しみだ」

ククサを掲げ――あんず酒を見つけたリツハルドの手柄に乾杯した。

まずは一口。

あんずの甘い芳香がふわりと漂っていたが、すっきりしていて酸味が強い。ほのかに甘みもあって、上品な味わいだった。

「これは、いい酒だ」

「よかった！」

リツハルドが二杯目を注いでくれる。

「ジーク、どうしたの？」

「いや、いつも私ばかりごちそうになって、返せるものが何もないなと」

「そんなことないよ。俺、ジークからいろんなものをもらってる」

そうだろうか？

平和で満たされた日々に、辺境の恵みなど、リツハルドはありとあらゆるものを私に捧げてくれる。

「こうして、ジークが一緒にお酒を飲んでくれることだって、涙が出るほど嬉しいんだ。今までは、ずっと一人だったから」

パチンと、暖炉の薪が爆ぜる音が聞こえた。リツハルドは火掻き棒で炭と化した薪を潰しにいく。

私に何ができるのか。物思いにふけっていると、リツハルドがある提案をする。

「だったらさ、ジーク。俺、ジークの祖国での話を聞きたい」

「私の、話か？」

「そう。いつでもいいいよ。少女時代とか、成人したばかりの時とか」

「敢えて聞くほど、面白いものでもないが？」

「ううん、すっごく聞きたい！」

期待に応えられるかはわからないが、少しだけ思い出話をすることにした。

×××

それは、二十代半ばくらいの話だったか。

貴族の社交期真っ盛りとなり、毎日のように晩餐会や舞踏会の招待状が届いていた。

その日は、実家で開催される舞踏会の知らせだった。当時のヴァッティン家は、兄達の花嫁探しをするために、積極的に夜会を開いていたのだ。

添えられた父親からの手紙には、絶対参加と書かれていた。週末は休日であったが、気が乗らない。その頃の私は、まったく結婚願望がなかったのだ。

ため息交じりで招待状を眺めていたら、エメリヒが舞踏会に行きたいと言い出した。

別に、貴族女性と知り合いたいわけではない。舞踏会というものの雰囲気を知りたいのだと。

一般家庭で育った彼にとって、舞踏会は未知の世界だったようだ。

どうしても行きたいと頼み込まれ、私はエメリヒを伴って実家に帰ることになった。

私の帰りを一番喜んだのは、従姉妹（いとこ）だった。彼女らに捕まってしまい、舞踏会前までお喋（しゃべ）りに付き合うことになる。

行きたいと熱望していたエメリヒは、借りてきた猫のようになっていた。

なぜかと言ったら、従姉妹に睨（にら）まれていたから。

私が男を連れてきたので、恋人関係にあるのかと警戒していたようだ。

そうこうしているうちに、舞踏会が始まる。未婚の兄達は、気合いを入れてめかし込んでいた。

私は軍の正装を纏（まと）って参加する。

一方で、エメリヒは正装を持ってきておらず、通常の緑色の軍服しかなかったのだ。

正装の私と、平服のエメリヒ。並ぶと、上官と下官にしか見えなかった。

まあ実際、私のほうが階級は上だったわけだが。

舞踏会会場へと向かうと、視線を浴びてしまう。

軍服で参加していたのは私達だけだったので、目立ってしまったようだ。

酒でも飲みながら時間を潰そうとしていたら、思いがけない事態となる。

貴族令嬢の付添人（シャペロン）がやって来て、令嬢とダンスを踊ってほしいと頼まれたのだ。

もしや、男と勘違いされてしまったのか。

やんわり弁解するも、なんと、その令嬢は私を女と知っていて声をかけたらしい。

軍での噂（うわさ）を聞き、私に会えるかもしれないからと、我が家の舞踏会にわざわざやって来たようだ。

そこまで言われたら、一曲踊らなければならない。

ダンスは従姉妹の練習相手を務めていたので、男性パートは踊れるのだ。

やってきた令嬢は、社交界デビューしたばかりの、あどけない少女だった。

なんとか一曲終えたあと、さらなる付添人に囲まれる。次から次へと、ダンスを申し込まれてしまったのだ。

結局、その日は何人と踊ったか覚えていない。

くたくたになった上に、兄達に「なんでお前が一番モテているんだ！」と怒られてしまった。

以降、私はヴァッティン家の舞踏会は出入り禁止となっている。

×××

「――という、話だが」

「ジークってば、どこに行ってもモテモテだったんだね」

「モテるのは同性ばかりで、異性にモテたことは皆無だがな」

「そのおかげで、俺はジークと結婚できたんだけどね」

リツハルドは私のつまらない話でも、満足してくれたようだ。

ホッと安堵しつつ、あんず酒を飲む。

「そうだ。俺、ジークと踊ったことない！」

「リツも踊れるのか？」

「リューネブルク侯爵家の仕込みだよ」

リツハルドは私の目の前で片膝をつくと、手を差し伸べてきた。

「私と踊ってくれませんか？」

「リツ、残念ながら、私は女性のパートは踊れないんだ」

「大丈夫！　教えてあげるからさ」

そう言って、リツハルドは私の両手を引いて立ち上がらせる。

腰を抱き寄せ、体を密着させて、あっという間にホールドの状態となった。

「難しく考えなくてもいいから」

リツハルドの鼻歌で、ダンスが始まる。

男性パートしか踊ったことがないので、何度かリツハルドの足を踏んでしまった。

そのたびに、大丈夫と言っていたが……。

くるくると回っているうちに、だんだんステップを覚えてきた。

女性パートの動きを理解したら、より一層楽しくなる。

最後に、リツハルドが私の体をくるりと回し、腰を抱き寄せてくれた。

「ジーク、上手いよ！　驚いたな」

「そう、だったか？」

「うん！」

ダンスがこんなに愉快なものだとは、知らなかった。

リツハルドのおかげで、思いがけず楽しめた。

しかし、また私はリツハルドに借りができてしまった。

また、何か話をして返さなければならない。

今度は、どんな話をしようか。

ネタを探しておこうと思った。

番外編二 アイナのひとりごと

リツハルドお兄ちゃんが領主になった日のことは、よく覚えている。

突然両親が村を飛び出して、道端に捨てられた子猫のような顔をしていたことが印象的だったのだ。

私は一人っ子なのでリツハルドお兄ちゃんを本当の兄のように慕っていたが、お母さんに、これまでと同じように接したらいけないよと言われた。

それからのリツハルドお兄ちゃんは、なんだか空回りしていたように思える。

領主として立派に務めを果たそうとしていたけれど、異国の血が流れているリツハルドお兄ちゃんに好意的な態度をとる人は少ない。

領主になったリツハルドお兄ちゃんは、本を売る行商を呼んだり、旅芸人を招いたりと、村人たちが楽しめるように新しいことを始めた。けれど、それも喜んだのはごくごく一部だけだった。

この村は閉鎖的で、新しいものを受け入れる余裕はない。

それは、物だけでなく、人もそうなのだ。

だから、リツハルドお兄ちゃんを領主だと認めない人もいた。

けれど、リツハルドお兄ちゃんはめげずに、せっせと毎日働いた。

そんな中で、結婚話もいくつか浮上する。

近くの村の娘と、という話もあったらしい。しかし、リツハルドお兄ちゃんには異国の血が混じっているということで認められなかったのだとか。

村の女性達とは、近い血縁関係にある。だから、結婚は避けたかったようだ。

よくわからないけれど、近親婚は強い子どもが生まれないらしい。

それが原因で、滅びた王家もあるほどだとか。

だから、リツハルドお兄ちゃんは、父方の親戚を頼って結婚相手を探しに出かけるようになった。

最初に連れ帰ったのは、綺麗なドレスを着たお嬢様だった。

あまりにも田舎過ぎると叫び、トナカイを見て卒倒し、やって来たその日に帰って行った。

リツハルドお兄ちゃんの花嫁探しは、一年目から不発に終わった。

それからというもの、毎年のように花嫁候補を連れ帰って来る。

けれど、どの花嫁候補もこの村を受け入れなかった。

無理もないだろう。

住んでいる私でさえ息苦しく思っているのだ。

都会暮らしで、苦労を知らないような貴族女性に耐えられるはずがない。

年々、リツハルドお兄ちゃんも躍起になっているような気がした。

きっと、寂しいのだろう。

私にできることは多くない。

森で見つけたベリーを、たまにこっそり届けるくらいだ。

一回だけ、リツハルドお兄ちゃんと鉢合わせしそうになったことがある。

家の近くにあった木に登って隠れたけれど。

リツハルドお兄ちゃんは玄関に置いてあるベリーを発見し、「また、森の仲間からベリーのプレゼントが届いた！」なんて言って喜んでいた。

誰が森の仲間だと言いたかったけれど、バレたくなかったので黙っておいた。

そして去年、リツハルドお兄ちゃんは何人目かもわからない花嫁候補を迎えることになる。

初めて、花嫁候補を連れ帰らなかったのだ。後日、準備ができたら迎えるらしい。

リツハルドお兄ちゃんも学習したのだろう。

日々、嬉しそうにせっせと新婚生活の準備をしていたけれど、どうせまた婚約破棄されてしまう。村の誰もが、そんなことを思っていた。

そして、ついにリツハルドお兄ちゃんは花嫁を連れて帰る。

どんな人を連れてきたのかと見に行ったが、花嫁らしき人はいない。

代わりに、赤毛ですらりとした青年がやって来た。

まさか、あの人が花嫁の代わりなのか!?

女性に相手にされないので、男に走ったのか。

なんて憶測が流れていたけれど、後日、赤毛の青年は女性だったことが明らかになる。

ジークリンデ・フォン・ヴァッティン。

リツハルドお兄ちゃんより年上で元軍人という、今までの花嫁候補と一味も二味も違う相手だった。なんでも、一目惚れらしい。リツハルドお兄ちゃんは、乙女のようなうっとりとした表情で話していた。

その気持ちはよくわかる。

ジークリンデさんは精悍な顔つきで、村の男の誰よりもカッコよかった。

村の女性陣はおばあちゃんから子どもまで、みんなジークリンデさんのファンになってしまったのだ。

異国人は受け入れないと断固として拒絶していたのに、この手のひらの返しようである。

けれど、ジークリンデさんの存在は、村を変えるきっかけとなった。

前よりも、村の雰囲気は明るくなったような気がする。

何よりリツハルドお兄ちゃんも、今まで以上に明るくなった。

幸せそうに、ジークリンデさんの隣を歩いている。

本当によかったと、心から思った。

リツハルドお兄ちゃんは幸せになったけれど、ベリーは届けることにしていた。

なんとなく、これをしないと夏を迎えた気になれないというか、なんというか。

しかし、いろいろあって今年はぼんやりしていた。

背後から迫る、リツハルドお兄ちゃんの気配に気づいていなかったのだ。

玄関先にベリーを置いたあと、背後の気配に気づく。

「アイナ、君だったのか。毎年、うちの玄関にベリーを置いてくれていたのは……!」

「!?」

とうとう、バレてしまった。

みるみるうちに、顔が熱くなる。

「リツ、どうしたんだ?」

「昔から、玄関にベリーが置かれていることがあったのだけれど、姿が見えないから、森の仲間達が置きに来てくれたと思っていたんだ」

「だ、誰が森の仲間よ!!」

やっと突っ込むことができた。

リツハルドお兄ちゃんは、本気で森の仲間達がベリーを運んでくれたと信じて疑わなかったらしい。

「っていうか、森の仲間達ってなんなの?」

「リスさんとか、ウサギさんとか」

がっくりと、脱力してしまった。

「帰る」

「アイナ！」

「何よ」

「ベリー、ありがとう！　毎年、誰かが励ましてくれていたみたいで、嬉しかった！」

私の気持ちは、きちんとリツハルドお兄ちゃんに伝わっていたらしい。

気恥ずかしさと嬉しさが、同時にこみあげてくる。

ベリーを届け続けて、よかった。

私のしていることには、意味があったのだ。

この時は素直になれなくて言えなかったけれど、今なら言える。

リツハルドお兄ちゃん、結婚おめでとう。

お幸せに、ってね。

番外編三　本当の宝物

夏の森は生命の輝きに満ち溢れている。

一日中太陽が沈まない白夜の恵みが、自然にこれでもかと活力を与えるのだ。

俺とジークは、大きな籠を持って森に入る。

「ジーク、これはね、ミリスという薬草で――」

別名『スイートシスリー』と呼ばれるこのレース状の葉を付けた薬草は、種はリキュール作りに使い、根も食べられる。

「春から初夏にかけて、白い花を咲かせるのだけれど」

花を摘まんで見せると、ジークは顔を近づけさせて香りを楽しんでいる。

「甘い匂いがする」

「そうだね」

甘い芳香は果物との相性がいいので、パイやコンポートのアクセントとして添えたりする。

「花も可憐だ」

ミリスはちょうどこの時期、可愛い白い花を咲かせる。

ジークは花を愛でる趣味があるようで、目を細め、頬を緩ませながら眺めていた。

「そういえば、ジークはどんな花が好きなの？」

今後の贈り物の参考にしたいと思い、聞いてみる。

「これといって、特別思い入れのある花はないが、リンゴやアーモンドの花を見ると、春を実感していたな」

まさかの樹単位の花とは。さすがジークリンデ、規模が違う。

「リツが毎日摘んでくる、村に咲いている小さな花も好きだよ」

「そ、そっか。よかった」

本当はジークに「好きです！」と言いながら毎日花を渡したいんだけれど、恥ずかしいし重たいと思われたくないので食卓に飾っているだけにしている。

花が咲くのは春から秋口にかけてまでなので、今だけなんだけれど。

こっそりしていたことなので気づいてくれていた上に、好きだと言ってくれて嬉（うれ）しい。


森では籠いっぱいになるまで薬草を集める。

乾燥させたり、オイル漬けにしたりして、保存しておくのだ。

「よし、行こうか」

「ああ」

今日はキノコを採るため、森から山のほうへと登って行く。

うっかり熊と出遭わないように、腰には熊避けの鈴を下げ、熊が嫌う煙を漂わせておくのも忘れない。

一応警戒はしているけれど、採集していると無防備になりがちだ。だから、対策は重ねて取っておきたい。

ジークと共に、どんどん傾斜を上っていく。

この辺りは伯爵家の私有地で、他の村人は入ってこない。そのため、キノコやベリーが豊富なのだ。

ただ、急斜面が多いので、あまり頻繁にやってこないけれど。

「この辺りは岩がすごいな」

「転げ落ちたら大怪我だね」

斜面には柔らかな草花は生えておらず、岩肌が剝き出しになっている場所もある。そういうところには、近づくなと祖父から口を酸っぱくして言われていたのだ。

「ジーク、大丈夫？　この先も坂が続くけれど、きつくない？」

「ああ、平気だ。軍の演習に比べたら、可愛いものだ」

「そ、そっか」

軍時代のジークは、いったいどんな過酷な訓練をしていたのか。想像もつかない。

しかし、そのおかげで彼女はここでの暮らしに適応できるのだろう。

「――ん？」

「ジーク、どうかした？」

「いや、岩のほうで何かが光って見えたのだが」

「光？」

岩の斜面のほうへと近づいてみる。

「リツ、落ちないようにな」

「うん、大丈夫」

この辺は特に風と雪の影響が強い場所だと言われている。

そのため、地表が削られて、このように岩が剝き出しになっているのだ。

冬は絶対に近寄れない。夏だからこそ、こうして散策ができる。

ジークが指差した岩に近づくと、直射日光を受けてキラキラと光るものがあった。

鞄の中から金槌とナイフを取り出し、岩に刃を当てて柄を金槌で叩いてみる。

数回打つと岩の一部が割れて、輝きの正体が明らかとなった。

「こ、これは――」

「アメシストだな」

ジークが綺麗な発音で、紫水晶と言った。

その色は、熟したぶどうのごとく。

なんて美しい紫色なのかと、思わず見入ってしまった。

「リツ、ここは雪や風で山の一部が削れていると言っていたな」

「うん」

「もしや、アメシストが採れる鉱床なのではないか？」

「今、俺も思った」

よくよく見てみると、この辺の岩質は村の精霊石に似ていた。

「精霊石ってここから運んで持ってきた岩かも？」

「確かに、そっくりだ」

「……」

村には大きなアメシストの原石があるってこと？

「もしかして、お祖父さんはここのことを知っていて、あまり近づかないように言っていたのかな」

「その可能性もあるな」

ということは、ここは宝の山ということになる。

ジークと二人、アメシストの原石を見つめたまま、言葉を失ってしまった。

しばし考え、一つの答えを出す。

「ジーク」

「なんだ？」

「このアメシストは、見なかったことにしてもいい？」

「もちろんだ」

ジークはその場にしゃがみ込み、ナイフで地面を掘る。そして、手に持っていたアメシストの原石を埋めてしまった。

割った岩には、その辺に転がっていた石を積んでアメシストの紫を隠した。

「リツ、これでいいか？」

「ありがとう」

この地でアメシストの採掘事業を行えば、多大な資産が転がりこんでくる可能性がある。

しかし、そうなればこの山を失ってしまうだろう。

壊した自然は、二度と元には戻らない。

それに、失くしてしまうのは草木や花だけではない。

野生動物や、この地に棲む精霊も、二度と戻ってはこないだろう。

それは、とても恐ろしいことである。

レヴォントレット伯爵家の財産は、この広大な自然なのだ。

「俺は、アメシストよりも――」

足許に生えていたキノコを手に取る。

「このキノコのほうが、ずっと価値があると思うんだ」

「私も同じ考えだ」

「ジーク！」

思わず、ジークを抱きしめてしまった。

「嬉しい！」

でも、申し訳なくも思う。

「この先も、贅沢な暮らしはできないけれど」

「そんなことはない。このキノコを、新鮮なまま食べることが、私にとっては贅沢なことだ」

「ジーク……ありがとう」

彼女には、ありがとうと何度言っても言い足りない。

同じ価値観のもとで暮らしていける尊さを、改めて実感した。

そして、ジークのことがさらに好きになった。

この気持ちは、明日摘んだ花に込めて贈ろう。

今日のお昼はキノコのバター焼きにしようか。

そんな話をしながら、家路に就いた。

番外編四　アイナとエメリヒの往復書簡　その二

リツハルド君とジークの計らいで、アイナちゃんと文通できることになった。

浮かれ気分で帰国し、アイナちゃんからの手紙をわくわくしながら待つ。

しかし、いつまで経っても届かないので、一通手紙を書いてみた。

アイナちゃんの家は父親がいないため、生活は困窮しているという。だから、何か必要な品物があったら送るよと書き、しっかり封をした。

彼女の暮らしを助けることはできないけれど、ささやかな支援ならばできるはずだ。

暖かい毛布でも、紅茶でも、チョコレートでも、なんでも送ってあげよう。

手紙を送るために郵便局へ向かっている途中、道ばたで泣きじゃくる五歳くらいの幼い子どもがいた。母親が、何か叱っているようだ。

「餌付けはダメって、言っているでしょう?」

「どうして?　あの猫ちゃん、お腹空かせているのに!」

「あなたが餌を与えたら、あの猫は食料探しをしなくなるの。ずっと、あなたが餌を持ってくるのを、待ってしまうのよ?　責任を持って、雨の日も、雪の日も、日照りの日も、ここにやってきて、猫に餌を与えられる?　無理でしょう?」

母親の真剣な訴えに、ついつい聞き入ってしまう。

「あなたが餌やりに来なかったら、この猫は死んでしまうのよ？　命の責任を背負い、家族になれる者だけが、餌をあげる行為が許されているの。生き方をねじ曲げるような真似はしてはいけないわ」

母親の言葉が、俺の胸に突き刺さる。

アイナちゃんにしようとしていたことは、とんでもなく無責任な行為だった。

俺は軍人だ。いつ死ぬか、わからない立場にいる。

支援を続けられる安定した職業でない以上、無責任なことはしないほうがいいだろう。

手紙はその場で破り、ゴミ箱に捨てた。

アイナちゃんに一目惚れして、何か助けてあげたいという決意は、まったくの思い上がりだった。

俺の思いつきなんて、五歳児並みの考えなしの行為だったのだ。がっくりと肩を落とし、そのまま公園に向かった。

ベンチに座り込み、独り反省会を開く。

アイナちゃんの実家は、お爺さんを中心になんとか成り立っている。そこに横やりを入れたら、お爺さんもいい気はしないだろう。そもそも、お爺さんは過激な異国人嫌いで、俺との文通は隠されているはずだ。そんな状況で支援品なんて送ったら、争いの種となる。

でも、涙を浮かべるほど辛（つら）い思いをしているアイナちゃんを、どうにかして助けたい。

だが今の俺に、軍人を辞めてアイナちゃんのもとへ行くという勇気は欠片（かけら）もなかった。

職歴が軍人しかない俺は、とても一家を背負える立場になれないだろう。

リツハルド君やジークが暮らすあの国は、あまりにも過酷すぎた。よく、ジークは平然と生活しているなと、尊敬の気持ちすら抱いてしまう。

なんというか、ジークは軍人時代から、人ができないことをあっさりやってのける英雄のような存在だった。

彼女に憧れていた軍人も多かったと、風の噂（うわさ）でも聞いた。

リツハルド君に求婚されて即決即断で異国へ嫁ぐ決断をしたジークと、うじうじ悩んでいる俺では、天と地ほども人間性に差がある。余計に、落ち込んでしまった。

少し離れた場所で、五歳くらいの少年が同じ年頃の少女に花を手渡していた。

「はい、あげる」

「まあ、きれい。ありがとう」

ケッ、幸せそうにしやがって！　と悪態を吐（つ）きそうになったが、ふと我に返る。

花を贈るくらいならば、俺にもできるのではないのかと。

五歳児並みの考えしかない俺には、ぴったりの贈り物だ。本の間に挟んで、押し花にしておりにすれば長持ちするだろう。

ただ、今は冬で、花なんかその辺に咲いていない。這いつくばって探していたら、警官から職務質問を受けてしまった。

軍人ですと言い、身分証を取り出すと、紛らわしい不審な行動は控えてほしいと怒られる。

生まれて初めて、不審者扱いを受けてしまう。どうしてこうなったのかと、頭を抱えてしまったのは言うまでもない。

なんとか花を発見し、しおりの作製に成功すると、アイナちゃんに送った。

返事はすぐに届いて、アイナちゃんは心から喜んでくれたようだ。気に入ってくれるかハラハラしていたので、ホッと胸を撫で下ろすばかりだ。

なんでも、辺りは雪景色で、久々に花を見て癒やされたという。手紙と一緒に、手編みの手袋が入っていた。父親のために作りかけていたものを、仕上げたらしい。だから、お返しとか気にするなと書いてある。

アイナちゃんの気持ちを受け取り、大げさなお返しはしないことに決めた。

それから、演習のたびに花を摘んで持ち帰ったり、地方に遠征するときは美しい景色が描かれたポストカードを買ったり、常にアイナちゃんの手紙のネタを考えるようになった。

同僚からは、「なんか最近変わった？」と言われる。アイナちゃんに笑われないよう、しっかりせねばという心がけが良い方向に向かっているのか。

そうこうするうちに、心境の変化が訪れる。やっぱり、アイナちゃんの傍にいたいと。

軍を辞め、リツハルド君が領する村への移住を決意した。

しかし、以前結婚したばかりのジークを訪問したときのように、何の準備もなしに行くわけにはいかない。しっかり、心構えをしておかなければ。

今まで、上司が誘う狩猟は断っていたが、この前初めて参加した。小さなウサギしか狩れなかったけれど、俺にとっては大きな進歩だ。猟師を紹介してもらい、鹿狩りにもでかけた。鹿への苦手意識は、ちょっぴり和らいだように思える。

これまで軍の仕事はきつくて辛いと思っていたのに、アイナちゃんのことを想えば耐えられた。

リツハルド君やジークとも手紙のやりとりを行い、移住のタイミングを話し合う。

いきなり移り住むのではなく、何度か訪れ、徐々に距離を詰めていったらどうかとアドバイスされた。

早くアイナちゃんに逢いたい。それだけの一心で、毎日頑張れる。

愛の力は偉大だと、しみじみ想ってしまった。

番外編五　手仕事市、はじめました

暇を見つけて作った品物を売る、手仕事市をしたいという話を、春先にリツハルドとしていた。すぐさま土産屋（みやげや）のおかみに話したら、夏の終わり頃に開催したらどうか、という話が浮上したらしい。

村の女性陣も興味を示したことから、規模の大きい催しとなりそうだ。

取引先の商人に開催を知らせたり、緑や赤、黄色のサフィーリの村にも手仕事市の話が広がったりしていく。

「せっかく開催するのだから、何か目玉になる商品を出したいよね」

「そうだな」

普段、土産屋に卸す品々とは、異なるものがいい。

「母さんの花模様の刺繍（ししゅう）は人気があったんだけれど、あれは簡単に真似（まね）できないからなー」

「難しいな」

ひとまず、村人達（たち）がどんな品物を出品するつもりなのか、土産屋のおかみに話を聞きに行くことにした。

おかみは旦那と店の前に並んでいた。険しい表情で、商品が入った木箱を見下ろしている。

「困ったねえ」

「おかみさん、どうしたんですか？」

リツハルドが声をかけると、憂鬱そうに振り返った。

「ああ、領主様。ジークリンデさんもお揃いで。いやね、悩みの種はこのトウモロコシなんだけれど」

一見して、普通の乾燥させたトウモロコシでしかない。村では乾燥トウモロコシを粉末にしてパンを作ったり、ふやかしてスープに入れたりする。貴重な保存食だ。

「乾燥トウモロコシを、入荷しすぎたんですか？」

「それだったらよかったんだけれど」

トウモロコシが入った木箱は三箱。入荷しすぎたという量でもない。

「これは全部、爆ぜトウモロコシなんだよ。間違って入荷してしまったようでね」

「爆ぜトウモロコシ？」

リツハルドは首を傾げていたが、私はピンとくる。

「リツハルド、爆ぜトウモロコシは、火にかけると破裂するんだ」

「えー、なんで!?」

「爆ぜトウモロコシは皮が厚い上に硬く、水分が豊富なんだ。温めると水が水蒸気となるのだが、厚い皮が邪魔して膨張できない。限界まで熱すると、ボン！　と破裂する。だから、爆ぜトウモロコシと呼ばれているんだ」

「じゃあ、ここにあるのは、とんでもなく危険なトウモロコシなんだね」

大げさな反応に、笑ってしまう。

「リツ、心配いらない。命を脅かすほどの爆発はしないから」

「そ、そうなんだ。でも、ジーク、よく知っていたね」

「子どものころに行った慈善活動で、作ったことがある。ポップコーンと呼ばれる菓子を作れるんだ。子ども達に大ウケだったな」

「え、爆発するトウモロコシが、お菓子になるの？　食べてみたいかも」

「だったら、これを買い取らせてもらって作ろうか？」

「いいの？」

「ああ、構わない」

この辺の人達には、馴染みのない食材だったようだ。おかみも困っている様子だったので、すべて買い取った。

偶然、テオポロンが通りかかったので、爆ぜトウモロコシを持ち帰るのを手伝ってもらう。

「爆ぜトウモロコシかー。まったく味が想像できない」

「サクサクしていて、香ばしく、食べ始めると止まらない感じだな。酒にも合う」

「そうなんだ。楽しみになったかも」

帰宅後、外にある簡易台所で爆ぜトウモロコシを使い、ポップコーン作りを始める。

「まず、トウモロコシをナイフで削ぐ」

「ジーク、これ、ナイフが当たった瞬間、爆発しないよね？」

「加熱しない限り、爆発はしない」

「だよね」

そう答えたが、リツハルドは慎重な手つきで爆ぜトウモロコシの粒をナイフで削いでいた。

「と、こんなものか」

まず、鍋に油とバター、爆ぜトウモロコシを入れる。蓋をして、火にかけるのだ。

「あとは、トウモロコシが爆ぜるのを待つだけだな」

蓋が飛ばないように押さえておく。

「ジーク、それ、手で押さえていて大丈夫なの？　危険じゃない？」

「ああ、心配いらない」

リツハルドはハラハラした様子で、見守っている。しばらくすると、パン！　とトウモロコシが破裂する音が聞こえた。

「わー！　びっくり。本当に破裂したよ」

「こんなふうに破裂するのは、爆ぜトウモロコシだけらしい。他の品種だと、焦げて終わりなんだとか」

「そうなんだ。不思議だね」

「本当に」

パン、ポンと、次々破裂していく。底が焦げないよう、鍋を左右に振るのも忘れない。

五分ほどで、すべて破裂したようだ。蓋を開くと、香ばしい匂いが漂ってくる。

「わー、あのトウモロコシが、こんなに雲みたいに真っ白になるんだ」

「種の状態からは、想像できないよな。私も、最初に見たときは驚いたものだ」

「だよね」

仕上げに塩を軽く振ったら完成だ。さっそく、リツハルドに食べてもらう。

「わっ、これ、おいしい！　サクサクした食感が楽しいお菓子だね！」

私も食べてみる。久々に食べたポップコーンは、どこか懐かしい味がした。

「ねえ、ジーク、これ、手仕事市で売ったら、子ども達が喜びそうじゃない？」

「なるほど。いいかもしれない」

そんなわけで、私達はポップコーンを売ることに決まる。

土産屋のおかみに、追加で入荷できないか頼み込み、さらに三箱分仕入れてもらう約束も取り付けた。

帰宅後、塩味だけでは味気ないからと、フレーバーを考えてみる。

「慈善活動をしたときは、キャラメル味が人気だった」

「あー、それ、絶対おいしいやつだ」

「他に、シナモン風味や、蜂蜜を絡めたものもあったな」

「ジーク、試してみよう。味見をしてから、おいしかったら出すんだ」

「そうだな」

身を乗り出し、真剣な面持ちで言うリツハルドの様子に、笑ってしまった。

「もしかして、俺が食べたいだけなの、バレちゃった？」

「隠しているつもりだったのか？」

「うん。ダメだった？」

「いいや、私も、久々に食べたい。作ってみよう」

「そうこなくっちゃ！」

キャラメル作りはリツハルドにとってはお手のものだ。鍋にバターと水、砂糖を加えて火にかけると、おなじみのキャラメルの匂いがふんわりと漂ってくる。

「よしっと、こんなものかな」

キャラメルが固まる前にポップコーンを入れて、しっかり絡ませる。油紙の上に置き、粗熱が取れたら完成だ。

「ジーク、これ、見た目だけでもおいしいってわかるヤツだよ」

「食べてみようか」

まだキャラメルが固まりきっていないが、一つ手に取って頬張る。

「あー……」

リツハルドはその場に膝を突いて蹲る。

「ジーク、これ、最高。考えた人、天才」

「だな」

キャラメルポップコーンは、渋めの紅茶や珈琲と相性が良さそうだ。

「あ、そうだ！　ジークの珈琲も手仕事市に出してみない？」

「私の、珈琲を？　素人が淹れた珈琲が、売り物になるのか」

「なるよ。すっごくおいしいからさ、みんなにも飲んでもらいたい」

「リツが、そう言うのならば」

「俺は、野草茶でも売ってみようかな」

だんだんと、話が膨らんでいく。楽しいひとときだった。


あっという間に、手仕事市の当日となった。

村の広場は、ガヤガヤと盛り上がっている。皆、準備に忙しい。

外からやってくる商人を含めて、三十ほどの店が出店している。思っていた以上に参加してくれた。広場には台が並べられ、いそいそと品物が置かれていく。

広場の入り口には、立派なアーチが建てられていた。リツハルドとテオポロンが今日のために、設置したのだ。私とミルポロンが作った手仕事市と書いた看板も、いい感じに仕上がっている。

看板にある馬の絵は、ミルポロンが描いたものだ。絵の才能があるようで、驚くほど上手い。

ルカが「馬の絵上手いな」と発言したので、その場にいたミルポロンを指さしながら「彼女が描いたんだ」と教えてあげたら、目をまん丸にして驚いていた。

絵を褒められて嬉しいのか、ミルポロンは頬を染めてもじもじし始める。ルカはどういう反応をしていいのかわからず、顔を真っ赤にしつつオロオロと落ち着かない様子だった。

なんというか、青春である。仲良く手仕事市を楽しむようにと声をかけてから、二人のもとから去った。

他の村からも、続々と客がやってくる。手仕事市を楽しみに、やってきたようだ。

アーチの前に並んでいる様子を見て、無事開催できてよかったと安堵した。

ランゴ夫妻も手仕事市に参加する。リツハルドが身振り手振りで一生懸命説明していたが、上手く伝わっていたようだ。

まず目に付くのが、テオポロンの巨大な馬である。我が自慢の馬を見よ、といった様子でテオポロンは胸を張っていた。どうやら、乗馬体験をするらしい。

ルルポロンは、手作りのパンや菓子を売る。普段作る物とは違い、彼女らの故郷に伝わる珍しい料理が並んでいた。なかなか興味深いと眺めていたら、ルルポロンがその中の一つを差し出してきた。薬草の風味がたっぷり利いたクッキーだった。大人(おとな)の味わいで、珈琲と合いそうだ。

「ルルポロン、ありがとう」

胸を拳で打って礼を言うと、ルルポロンは同じように胸を打ち笑顔を返してくれた。

ランゴ家の店を離れると、よく見知った少女――アイナの姿に気付く。

アイナもせっせと品物を並べ、忙しそうだ。商品は花模様や雪模様が入ったミトンである。

「アイナ、よく、短期間でこれだけの品を作れたな」

「夜、寝る前に少しずつ作っていたの」

「どれも可愛(かわい)いな」

「ありがとう」

アイナはにっこりと笑いながら、商品について説明してくれる。随分と明るくなったものだ。

エメリヒのおかげだというのが、シャクだが。

「そういえば、ジークリンデさんも出店するのよね？」

「ああ。ポップコーンという菓子を売っている」

「私も、あとで買いに行くわ」

「いつでも歓迎する」

アイナと別れたところで、リツハルドと会う。

「あ、ジーク、いたいた。そろそろこっちも準備しようか」

「そうだな」

朝からバタバタしていたリツハルドと、やっと会うことができた。用意していた売り場に戻り、ポップコーンを並べていく。

味はシンプルな塩に、子どもが大好きなキャラメル、ちょっぴり大人の味のシナモンの三種類。

それから、私の淹れる珈琲とリツハルドが淹れる野草茶を販売する。

土産屋のおかみが、手仕事市開始を告げる鐘を鳴らした。いっせいに、客がやってくる。

十分もせずに、わいわいと賑(にぎ)わう。

ポップコーンは土産屋に味見用のものを置いていたおかげで、飛ぶように売れる。作り置きしていた珈琲と野草茶は、瞬く間に売り切れとなった。もう少し客が捌(さば)けたら、淹れる時間も作れるだろう。ひとまず、品切れの看板を出しておく。

リツハルドは客寄せが上手く、あっという間に人を呼び込み、味見をして購入してもらうまでの流れが鮮やかだった。

「俺って領主より、商売のほうが向いているかも？」

「人間、どんな方向に才能があるか、わからないな」

「本当に」

リツハルドの頑張りもあり、二時間と経(た)たずに完売となった。

「いやー、ここまで売れると、もっと作ったらよかったなって思うね」

「追加で作ってみるか？」

「そういえば、火はあるよね」

珈琲と野草茶を作るために、簡易的なかまどを作っていたのだ。

思い立ったらすぐ行動に移す。家から爆ぜトウモロコシと鍋、バターを持ってきて、ポップコーンを作り始める。

「これから、ポップコーンの実演販売を始めまーす。アツアツのポップコーンを食べたいかたは、並んでくださいね」

リツハルドはそう宣言してから、爆ぜトウモロコシを火にかける。

村人達は興味津々とばかりに、ポップコーンを作る様子を見ていた。トウモロコシが爆ぜると聞いたからか、ある程度の距離がある。

しだいに、爆ぜトウモロコシがポンポンと弾け始めた。怖いもの知らずな子ども達は、堂々と鍋を覗き込む。

完成したポップコーンを見せると、ワッと歓声が上がった。塩をまぶしたポップコーンは、すぐに売れてしまう。

その後、二回目、三回目と続けて行い、瞬く間に完売。材料切れとなってしまった。

あとは、リツハルドと二人で珈琲と野草茶をまったり売る店になる。

「いやー、売れた、売れた」

「珍しさも相まって、驚くほど売れたな」

「俺、ポップコーン屋になろうかな、なんて思ったよ。まあ、商人の道は険しいことは重々承知の上なんだけれどさ」

そんな話をしていたら、アイナがやってきてぽつりと呟（つぶや）いた。

「あ、売り切れている……」

がっくりと肩を落とすアイナに、取っておいたキャラメルポップコーンを差し出した。

「アイナの分は、取っていた」

「ジ、ジークリンデさん!?」

「さすが、ジークだ。よかったね、アイナ」

「ええ」

支払いを終えたアイナはキャラメルポップコーンを大事そうに胸に抱き、頭を下げたのちに軽い足取りで帰って行った。

バタバタ過ごすうちに、いつの間にか太陽が傾きつつある。そろそろ、店じまいをしなければ。

「ジーク、楽しかったね」

「ああ。来年も、できたらいいな」

リツハルドはハッとした表情で私を見る。

そんな彼に、私は微笑（ほほえ）みかけた。

リツハルドとの結婚生活を経て、伯父（おじ）が言っていた「人生において隣を歩く伴侶がいれば、心強いだろう」という言葉もようやく理解できた。

リツハルドがいたら心強い。今は、ヒシヒシと実感している。

雪国での狩り暮らしはこれからも続く。いつまでも、いつまでも。

北欧貴族と猛禽妻の
雪国狩り暮らし
短編集発売
おめでとうございます!!

コミカライズ版も
よろしくね!!
白樺鹿夜

あとがき

こんにちは、江本マシメサです。このたび『北欧貴族と猛禽妻の雪国狩り暮らし～契約夫婦がめぐる四季～』をお手に取っていただき、ありがとうございました。

こちらはコミック版の読者様にも楽しんでいただけるよう、単行本二巻までの期間にあった仮夫婦のエピソードをまとめさせていただきました。

宝島版全四巻の中にある設定も引っ張りだし、『北欧貴族と猛禽妻の雪国狩り暮らし』の世界やキャラクターについて、より深く知っていただけるよう執筆いたしました。

お楽しみいただけたら幸いです。


話は変わりまして。

わたくしごとではあるのですが、平成二十七年八月に『北欧貴族と猛禽妻の雪国狩り暮らし』でデビューさせていただきまして、それから四年が経ちました。

四年もの間、たくさんの本を出版させていただき、五十冊目がこの北欧貴族の短編集となります。気付いたときには、なんて運命的な！　と思いました。

ありがたいことにイラストを担当してくださったのは、宝島版北欧貴族をご担当いただいたあたねこ先生です。今回、すばらしいイラストの数々を、描いていただきました。

時を経てご一緒でき、光栄でした。感謝の気持ちでいっぱいです。

今回、コミカライズ版の『北欧貴族と猛禽妻の雪国狩り暮らし』三巻も発売となります。

白樺鹿夜先生が描かれる、美しくも儚い大自然やキャラクターが織りなす愛を、ご堪能いただけたらと思います。


そして、短編集を出版できたのは、ＰＡＳＨ！ブックス、コミックＰＡＳＨ！の担当編集様と、北欧貴族をコミックで盛り上げてくださっている白樺先生、許可をくださった宝島社の編集様のおかげです。本当に本当に、ありがとうございました。

最後に、読者様へ。長きにわたり、作品を応援してくださり、ありがとうございました！

おかげさまで、短編集を出版できる運びとなりました。

これからも、『北欧貴族と猛禽妻の雪国狩り暮らし』にお付き合いいただけたら、嬉しく思います。

二〇一九年十二月吉日　江本マシメサ

参考資料

『とっておきのフィンランド　絵本のような町めぐり　かわいい、おいしい、幸せ体験（地球の歩き方BOOKS）』　kukkameri（内田さつき　新谷麻佐子）（著）　ダイヤモンド社
『ムーミンママのお料理の本』　サミ・マリラ（著）トーベ・ヤンソン（イラスト）“Sami Malila（原著）”“Tove Jansson（原著）”　渡部翠（翻訳）　講談社
『ラトビア、リトアニア、エストニアに伝わる温かな手仕事：バルト三国の伝統的なハンドクラフトと街歩き案内』　赤木真弓（著）　誠文堂新光社
『BerryBOOK 甘酸っぱくておいしい、ベリーのお菓子とドリンク60レシピ』　原亜樹子（著）　パルコ
『自家製グラノーラと朝の焼き菓子』　原亜樹子（著）　パルコ

この本を読んでのご意見・ご感想・ファンレターをお待ちしております。
〈宛先〉　〒104-8357　東京都中央区京橋 3-5-7
（株）主婦と生活社　PASH！編集部
「江本マシメサ」係

北欧貴族と猛禽妻の雪国狩り暮らし
～契約夫婦がめぐる四季～

2019年12月30日　1刷発行

著者	江本マシメサ
編集人	春名 衛
発行人	倉次辰男
発行所	株式会社主婦と生活社 〒104-8357　東京都中央区京橋 3-5-7 03-3563-2180（編集） 03-3563-5121（販売） 03-3563-5125（生産） ホームページ　http://www.shufu.co.jp
製版所	株式会社二葉企画
印刷所	太陽印刷工業株式会社
製本所	小泉製本株式会社
イラスト	あかねこ
デザイン	浜崎正隆（浜デ）
編集	山口純平